21

JUAN ABREU
Accidente

⊞ DeBOLS!LLO

Diseño de la portada: Departamento de diseño de Random
    House Mondadori
Directora de arte: Marta Borrell
Diseñadora: Maria Bergós
Fotografía de la portada: © Johner/Photonica

Primera edición: marzo, 2004

Printed in Spain – Impreso en España

ISBN: 84-9793-224-2
Depósito legal: B. 5.459 - 2004

Fotocomposición: Anglofort, S. A.

Impreso en Liberdúplex, S. L.
Constitució, 19. Barcelona

P 832242

Para Marcia Morgado, con amor; porque vivimos juntos este libro

También para Michel y Acela Abreu

ÍNDICE

La catástrofe inminente nunca llega de golpe
porque está transcurriendo siempre.

REINALDO ARENAS, *Otra vez el mar*

EDIPO: ¿Cuál es el rito de la purificación?
       ¿Cómo ha de hacerse?
CREONTE: Por medio del destierro, o resar-
         ciendo la sangre vertida con otra
         sangre.

SÓFOCLES, *Edipo Rey*

UN CUENTO

Abro los ojos, lo veo. No sé si apareció ahora o estuvo ahí toda la noche. Es un cuento corpulento, de brazos largos y manos pequeñas y rosadas: fulgura en la penumbra. Cabeza hermosa, ojos brillantes. Viste unos jeans desteñidos, tenis sucios y una camisa arrugada. Por la portañuela abierta escapa un falo pequeño y unos testículos apretados.

   ¿Cómo logró meterse en el cuarto? Mide por lo menos tres metros de alto. *El cielo es una mancha*, murmura con una vocecita meliflua, incongruente. Lo miro, fijo, cómodamente instalado debajo de mis tres colchas (el aire acondicionado está a todo dar) para ver si desaparece. Con los cuentos a veces sucede eso. Uno los mira fijo un rato, como quien está absorto en algo que ocurre más allá de ellos. Y terminan por esfumarse. Si hay algo que no resisten es que los ignoren.

   Con éste no tengo éxito. Continúa ahí con sus ojos relucientes, casi redondos, que parecen agitados por un hierbazal interior. *El cielo es una mancha*. Me levanto. Mientras me visto, orino, cepillo los dientes, lavo la cara y peino, puedo verlo reflejado en el espejo del baño. No me quita la vista de encima y sigue cuchicheando. Las palabras brotan de su boca, espumosas. Tarareo formado por huevos mínimos contenidos en una saliva reluciente. Mueve los brazos. Dentro de la ajustada tela las piernas semejan patas de un ortóptero descomunal. Tiene un cordón desatado. Pienso decírselo, pero me arrepiento. Cuanta menos confianza se les dé, mejor.

Las frases —espuma o huevos— crujen, estallan produciendo un peculiar sonido, empiezan a pelear en el aire, se convierten en moscas, mosquitos, guasasas, hormigas, arañas y otra miríada de diminutos insectos voladores que no acierto a identificar. También pequeñas hadas con las tetas grandes y puntiagudas y los culos empinados.

Cuando salgo del baño zumban por el cuarto. Algunas terminan dentro de mi boca. No tengo otra alternativa que tragármelas. Todos los insectos, y las hadas que son también insectos, dicen exactamente lo mismo, la dichosa frase: *El cielo es una mancha...*

Continúan emergiendo de su boca en cantidades alarmantes. Apartando a manotazos los miles de bichos que se obstinan en pegarse a mi cara, me deslizo junto a la pared. Trato de alcanzar la puerta. En el camino recojo las llaves del automóvil de encima de la cómoda. Compruebo que me sigue. Molesto, le digo:

—Si vas a venir detrás de mí, por lo menos abróchate la portañuela.

El cielo es una mancha. La frase se posa, se aferra con sus patas de mosca o de libélula o de garrapata o de chinche al parabrisas, y se disipa luego con un alarido. El asfalto comienza a despedir un vapor que envuelve el monótono y vulgar paisaje. Pequeños comercios. Anuncios lumínicos. Enormes carteles. Spanglish. Un plantón de cañas de azúcar crece dentro de una palangana, junto a la puerta de una cafetería. Si patease una de esas fachadas caería como un decorado de papel.

Pasaría lo mismo si le diese la patada a cualquiera de los que transitan por las aceras. Observo la porquería a ambos lados de la vía. Miro a esa pobre gente fingiendo que está allá, moviéndose como si estuvieran allá, riendo y viviendo como si estuvieran allá y no aquí. A veces, en una esquina, hay un político hablando estupideces y sacándole las monedas a los ancianos nostálgicos, o algún atracador bien trajeado vendiendo algo que no hace falta. Estercolero de sueños, cementerio alimentado por nuestra cobardía.

En esta ciudad se vive a merced de los automóviles. Se van metiendo en tu vida y en tu sangre y llega el momento en que sientes que tienes un timón en el centro del pecho y un tubo de escape saliéndote del culo.

Un tufo caliente entra por las ventanillas. Asqueroso. Subo los cristales y conecto el aire acondicionado. Sigue siendo hedor contaminado, pero al menos está frío. Enciendo la radio. El líder de La Grande, la más poderosa emisora de radio cubana, reporta un accidente: un tren de carga ha golpeado un carretón tirado por dos mulos en un cruce de vías en el interior de la isla. Los mulos y el conductor resultaron ilesos, pero el carretón quedó destruido. El tren no sufrió daños. La estrella radial, al que los cubanos adoran, narra los hechos como si el accidente fuera a provocar la caída inmediata del gobierno. Cambio de estación. Escucho la voz de un ex cura borrachín que conduce un popular programa de entrevistas. Hoy suena más servil que nunca pues su invitado es un alto ejecutivo del poderoso diario local. El norteamericano se empeña en chapurrear algo, ininteligible, en español, y el ex cura beodo le ríe estrepitosamente la gracia. Apago.

Detenido en un semáforo a la altura de la Olga Guillot Ave., lo veo avanzar entre los autos. Sortea los obstáculos como un avestruz gigante. Contra el cielo blanco, ya hirviente a pesar de que apenas son las nueve de la mañana. Su corpachón adquiere matices ocres de tierra. De campo humedecido. Con una gran zancada supera un ómnibus repleto de turistas que se aplastan contra los cristales y abren las bocas como peces ahogándose, en medio de una gran algarabía. Gritan, ríen. Probablemente piensan que es algo organizado por las autoridades locales para divertirlos.

Sobre el parabrisas continúan pateando ligeros los monstruos, las frases.

El edificio donde viven mis padres con el niño es un gallinero. Uno de esos proyectos auspiciados por el gobierno, controlados por amigos de los políticos, que se meten todo el dinero y terminan haciendo cuevas donde la gente pobre lucha para que no las devoren las cucarachas. Mi padre y el niño ya me esperan. Mi madre agoniza, como de costumbre, encerrada en su cuarto. Ahora tiene leucemia o algo por el estilo.

Mientras caminamos por el estacionamiento pienso que soy yo mismo en tres versiones y me aterra la idea de que seguiré muriendo aun después que esté muerto, y que moriré antes de morirme. Miro al viejo cuya cabeza destaca contra el muro verde, de arbustos recortados. Su pelo ralo y blanco ondea en la leve brisa que se ha levantado. El rostro, cubierto de manchas y protuberancias que deforman la nariz, exhibe una tristeza gruesa, que no tiene motivo específico.

Vuelvo la cabeza a tiempo para ver cómo por la esquina más próxima dobla el cuento: trota, bamboleante. Suda y la boca entreabierta deja escapar resoplidos de corredor agotado y una nube de bichos.

Pongo en marcha el motor y conecto el aire acondicionado.

La clínica está repleta, como siempre. En la ventanilla, una muchacha uniformada, de labios carnosos, pintados de rojo, nos entrega un cartoncito con un número. Luego nos indica la escalera. En el pequeño salón de espera hay unas quince personas. La mayoría, viejos que conversan como si se conocieran de toda la vida. El niño está sentado junto a mí. Mi padre ha encontrado un lugar frente a nosotros y habla con un anciano encorvado, sin dientes. Aprovecho para observarlo, ahora que tengo la oportunidad de hacerlo sin temor a encontrarme con sus ojos. A través del deprimente cúmulo de deterioro asoma una semejanza intolerable con mi propio rostro. Cruzo las piernas y me doy cuenta de que las he colocado en la misma posición en que las tiene él. Bajo la pierna y retiro la mano del muslo, pues la mano de mi padre descansa sobre el suyo de idéntica forma, es decir, los dedos ligeramente doblados, apuntando a la entrepierna. Hago una mueca, contraigo la mandíbula, tratando de escapar a la semejanza. A mi lado, el niño imita todos mis movimientos al tiempo que sonríe.

El médico resulta ser un joven un poco bizco que me dice, después de un breve reconocimiento, que mi padre está sordo de un oído y que el otro va por el mismo camino. Le receta antibióticos, pues, según él, todo es producto de una infección, y le da una cita para el mes próximo. Cuando salimos del consultorio veo la mancha de las frases del cuento arrastrarse y ronronear por las paredes. Grises sobre el azul pálido de la pintura. Los labios de la muchacha que da los turnos son una supuración. Los grupos de palabras se ordenan como si estuvieran en una página, formando párrafos que desaparecen al instante para dar paso a otros que también se deshacen. Palabras recién llegadas se tachan ellas mismas. Los adjetivos cambian a gran velocidad. Por instinto, respondiendo a un viejo hábito, busco en mis bolsillos un lápiz y un pedazo de papel. No encuentro nada. Decido pedirlos a alguien, pero ya mi padre y el niño me llaman impacientes desde la puerta del elevador.

Por un momento, la gente que nos rodea, las paredes y el mismo suelo del pasillo parecen borrarse, brumosos, faltos de consistencia. Como si fueran el producto de una descripción en progreso.

Consumo la tarde viendo pasar gente, sentado en un banco, dentro de Dadeland Mall. Los cuerpos transitan pausadamente, se detienen frente a las engalanadas vidrieras cuyas fauces siempre abiertas se aprestan a devorarlos. Disfruto estar así, al borde de la vida que pasa, cerca de los jóvenes que se desplazan inmediatos y exuberantes, disfrazados según la última moda. La calidad de la piel, la firmeza de la carne, la brillantez del pelo, los ágiles movimientos llenos de gracia y energía. A veces me aproximo lo suficiente y aspiro el aroma que despiden. El olor de la vida. ¿O es el olor de su fugacidad? Por un rato me sumerjo en ese ejercicio relajante. Luego entro en una de las tiendas.

Deambulo entre las perchas atiborradas.

—*May I help you?* —dice una voz a mi lado.

Piel muy blanca, edad indefinida. Podría tener catorce o veinte años. Pelirroja, de dientes ligeramente saltones que dan al rostro un encanto particular. Las manos son transparentes y veo sus venas, verdes, moradas, correr formando intrincadas redes. Debe tener los pezones color naranja, el sexo rojo encendido, dulce como una mandarina.

Toma un sorbo de una lata de Coca-Cola, mientras me contempla con sus ojos color agua. Cuando va a beber, sus labios se acoplan al borde metálico, posesivamente. A través del cuello largo, esbelto, desciende aquel brebaje inmundo adentrándose en su cuerpo. Me muestra los dientes, natilla, y vuelve a preguntar: *May I help you?* Respondo advirtiéndole que no debe tomar esas suciedades enlatadas, que hacen daño a la piel, corrompen el alma, y lo que es peor, pueden hacer cambiar el color de sus pelos allá abajo... y le señalo con el dedo la región púbica.

Con gesto colérico, me da la espalda. Mientras se aleja contemplo sus nalgas pequeñas, empinadas.

Fuera de la mole cuadrangular del mall el atardecer finaliza. El gentío incansable entra y sale por las innumerables puertas, cargado de paquetes que embuten en los maleteros.

Una costra morada se desprende del cielo y cae sobre todas las cosas.

Cuando llego al automóvil, allí está él, apretujado en la parte trasera. Una gran masa amorfa que tiembla mordida por un ejército de palabras.

Entro y pongo el televisor. Devoro mi cantina aburridamente. Masas de puerco fritas, arroz y frijoles negros, plátanos hervidos. Es la hora de los noticieros. Un muchacho de catorce años llegó de la escuela y mató a balazos a sus padres, e hirió gravemente a la hermana menor. Otra turista alemana asaltada. Le robaron el bolso a punta de pistola y luego le pasaron con el automóvil por encima. Cambio de canal: una abuela mató a su nieta, a la que los padres dejaron para que cuidara de ella, mientras iban al supermercado. La ahorcó con el cable del teléfono y luego la metió en la nevera. A continuación le toca el turno a la historia del joven padre que violó a su bebé de nueve meses de nacido. Los vecinos entrevistados lo describen como un buen vecino, apuesto, servicial, con una esposa adorable. «Un tipo normal», dicen. Aprieto el botón otra vez: un reportaje especial sobre la pandilla de muchachos que dispararon con un rifle al profesor de música de la escuela secundaria a la que asistían. «Odio la música», dice uno de ellos, que acaba de cumplir diecisiete años, sonriendo levemente, y mirando de frente la cámara. En la habitación del líder del grupo hallaron un plano de la escuela, explosivos, y un plan detallado para volarla el día de la fiesta de fin de curso. Se hacen llamar Lords of Chaos.

De la cocina llega un ruido de cacharros. El piso de madera, cubierto por la alfombra gastada, retumba bajo sus pies enormes. ¿Qué estará haciendo? Ya en la casa no cabe un bicho más. La atmósfera es una nata correosa en la que los carapachos de las palabras refulgen con tonos macilentos.

Han cambiado. El dinamismo que las animaba ha disminuido. El cuento sale de la cocina avanza hasta el comedor cansadamente y me observa con la boca apretada. Hay algo implorante en su mirada húmeda. El rostro, ahora amarillento, se ha cubierto de pústulas, de llagas que también expulsan palabras, pero más oscuras, aunque dicen lo mismo: *El cielo es una mancha…*

Las palabras brotan de su piel, de todo el cuerpo y reptan hacia el aire y se suman a la masa que flota y casi impide ya caminar. Miles de hadas e insectos y alimañas volantes yacen destripadas sobre la alfombra que se humedece: líquidos viscosos fluyen de sus entrañas. El cuento camina hasta el sofá y se recuesta como si se dispusiera a dormir. Resuella como un asmático. Pienso en Lezama Lima.

Es tarde. Apago el televisor. Me levanto y voy hacia el cuarto. Una enorme palabra verde se posa en mis labios. La aplasto de un manotazo. Sacudo la sobrecama que parece viva de tanto bicho que tiene encima.

Ya me estoy quedando dormido cuando suena el teléfono. Es mi madre. Sin darme tiempo a saludarla comienza la historia de su amiga la que se está muriendo. Todas sus amigas se están muriendo. Víctimas de enfermedades siniestras. Ella también se está muriendo.

—Mijo, tu madre está matada... tengo un dolor en la cervical que me baja hasta la pierna, ¿tú crees que sea cáncer? —me pregunta.

—Seguro es cáncer, ése es el síntoma, no me cabe la menor duda que es cáncer —le respondo.

—Ahora estoy tomando el Restoril de treinta —continúa sin escucharme— descontinué el Prozac porque no me hacía nada, me dormía la lengua y me dormía... un cansancio, una cosa. ¡Estoy matá! No me asentaba. Hablé con mi amiga la que le explotó el lumbago y me dijo: «¡Estás loca, cómo vas a tomar el Prozac, te deprime más todavía! ¡El médico que te mandó eso está loco!». Así que ahora estoy tomando el Diazepán que es otra mierda, pero algo tengo que tomar. ¡Estoy desesperada, desesperada! Llevo treinta años así y nada me hace efecto. Nada. Yo lo he tomado todo. Me he hecho de todo, pero de TODO y sigo igual. Estoy jodida jodida. El otro día estaba al borde de la locura y arranqué para la clínica y me hicieron análisis de orine, de sangre, de *esefecales*, bioxias, electros, me revisaron hasta el fondillo y no me dio nada. Ahora me falta el aire. Ah, eso fue con el médico nuevo que tengo ahora. A Ortiz lo dejé porque era un comemierda. Este nuevo es un pollo. El otro día cuando fui a hacerme el chequeo por el dolor en el pecho me mandó a quitar la ropa. ¡Ay qué bello!... jovencito. Me dijo: «¡Quítese la ropa!». El ajustador y todo. Me tocó por aquí, por allá. No es un comemierda como Ortiz. ¡Qué manos tiene ese médico! Qué lindo Dios mío, de bigotes. Es una eminencia, una eminencia. Cuando acabó de reconocerme hice así y le besé las manos y le dije: «¡Gracias, doctor, Dios le bendiga esas manos que Dios le ha dado para curar y hacer el bien!». Se rió y me dijo que era verdad, que yo tenía razón, e hizo así con la cabeza para un lado. ¡Qué bello! Ahora estoy en cama con el dolor de la artritis. ¡Este codo...! ¿Tú crees que pueda ser leucemia?

—Seguro —le digo.

—Estoy baldada, baldada, no me puedo mover de la cama. Hace un ratico, con mil angustias me comí un poco de arroz y carne con papas; y arrastrándome, hice un poco de tilo para tomarme las pastillas. Volví con la Levomepromicina... ya el niño se quedó dormido... la Imipramina de a cien...

—Mima, tengo que dormir, hasta mañana.

Cuelgo.

El cuento, como una gran podredumbre entra despacio y se echa a un lado de la cama. Susurra, sin cesar, su matraquilla sobre el cielo y la mancha. Respira a trompicones. Miles de bichos trepan sobre la sobrecama y vuelven a cubrirla.

La lluvia empieza a golpear la ventana.

Domingo. Amanece. Hoy es el día de ir a ver a María. También es el día de ver el mar. Ambas cosas se conectan, el mar que a veces cuando uno entra en él es semen azul, semen que al salir es el mar que llevamos dentro.

El cuento, cuando llegó, estaba repleto de agua. De algo líquido. Pero se ha ido secando rápidamente. La ropa ahora le queda holgada. Forma pliegues profundos en el sitio en que estaba su panza rolliza.

Anoche cayó un aguacero. Delante de la casa hay un gran charco. El tragante de la esquina suena como si alguien estuviera haciendo gárgaras. Aire empapado. La humedad penetra y llega a mis huesos cuando salgo. Hace que se hinchen mis articulaciones. Pongo en marcha el motor. Se apaga. Trato nuevamente. Dejo que se caliente un poco y luego cojo Celia Cruz Boulevard. Al final, donde entronca con la I-95, veo la torre del Banco Central, naranja y verde (los colores del equipo de football de la universidad local) todavía iluminada. La torre es tan alta que la luz pincha las nubes tiñéndolas levemente. En el cristal se arremolinan las palabras. Muevo la palanca y el limpiaparabrisas las tira al pavimento mojado.

No orino desde anoche y ya la vejiga me empieza a latir. Si no me apuro tendré que parar a orinar antes de llegar a Miami Beach. Aumento la velocidad, porque no quiero echarle a perder el orgasmo a María.

Por el espejo retrovisor veo al cuento correr detrás de mí con una energía de la que ya no lo creía capaz. Es evidente que hace un esfuerzo desesperado. A cada pisada deja un reguero de frases, de insectos que ruedan por el asfalto. Los escasos vehículos que transitan a esa hora los aplastan. Dejo atrás el downtown, el edificio de la biblioteca que parece una cárcel, y el Museo de Arte, frente al cual, una horrenda escultura de Oldenberg que costó novecientos mil dólares se ha convertido en hogar de los numerosos vagabundos que pululan bajo los puentes. Paso junto al cajón todopoderoso del

Miami Herald, el último baluarte de los anglosajones que se niegan a retroceder ante la avalancha de toda esa gente que habla español: nosotros. La bahía resplandece. Los cruceros se amontonan en los muelles. El cielo deja escapar un chirrido. Los pinos, a dos pasos del agua que rompe formando crestas blancas, se aferran a las piedras. Se encorvan vencidos por el viento que se levanta cuando entro en Miami Beach.

Subo las escaleras corriendo. Cinco pisos de un edificio rosado en Española Way. Al llegar respiro agitadamente. Ella abre la puerta, al final de un pasillo que huele a viejos. Tiene más de cuarenta años. Una de esas mujeres fuertes, gordas pero duras, de senos enormes y rostro redondo. Ríe nerviosa, como una adolescente. Me besa. A veces, en la cama, encaramado sobre ella, pienso que podría ser mi madre. Salvo que no habla constantemente de medicinas. Da saltos como una pelota por el pequeño y reluciente apartamento. La primera vez que la vi me pareció vieja, pero ahora me alegro de poder venir aquí los domingos. No se cansa de chupármela, sin lujuria, como si se tratara de un caramelo. En el minúsculo balcón el sol da unos golpes planos, amortiguados por las plantas alineadas en tiestos de barro. A cien metros el mar.

—Me estoy orinando —digo.

Ella ríe enseñando las encías. Resplandecen sus ojos.

Tiene el culo enorme, piel finísima. Se pone a cuatro patas dentro de la bañera. Me sitúo detrás y espero. Acomoda la cabeza en una toalla, y luego se abre las nalgas con ambas manos. La piel alrededor del ano se estira. Los pliegues se alargan y el orificio se amplía. Late. Espero. Mueve las manos produciendo un balanceo en las caderas, sin disminuir la tensión sobre las nalgas que enrojecen por la presión de los dedos. Mi vejiga está a punto de estallar, pero aguanto. Espero su orden; el contraste del rojo brillante de las uñas contra la piel transparente me gusta. El movimiento de sus manos se acentúa y entonces exclama: «¡Ahora!». La voz brota ronca. Apunto. Con alivio profundo, dejo ir la orina acumulada. El chorro va a golpear su ano abierto. Lo mantengo en el orificio. La orina salpica la espalda, arrastra las palabras muertas que ya la cubrían, y moja su pelo, mis muslos. El acre olor nos envuelve. Todavía me queda bastante cuando empieza a gritar. Brama, muerde la toalla. Llora, suplica: «Ven, ven…». Me agacho. Entro. Inicia otra vez la gritería. Grito también. Nuestras voces flotan, se mezclan, caen sobre las baldosas blancas.

Con el rabo del ojo veo al cuento asomado a la puerta del baño. Me contempla con ojos suplicantes. Una lágrima rueda por la mejilla huesuda, áspera.

—*El cielo es una mancha…* —dice.

Nos bañamos. Sus senos, melones, saltan mientras los frota. Todos los domingos nuestros cuerpos ejecutan los mismos movimientos. Me enjabona los testículos, los manipula como si se tratara de algo extremadamente frágil. Nos secamos con unas toallas inmensas.

Retozamos en la cama. Su sexo huele y sabe bien: pelos rubios. La vagina arde. No nos gusta usar condones, así que cuando no puedo aguantar más voy a su boca. La beso, el olor y el sabor del semen hacen más completo el placer.

Cuando terminamos siento un poco de asco. Su rostro envejece, las arrugas se acentúan. La belleza del deseo la abandona. La mandíbula tiembla. Mi cabeza descansa sobre su estómago. Del ombligo empiezan a salir bichos-frases, bichos-palabras. Tantean la piel con las largas patas y luego se atascan en el sudor.

Me ducho otra vez.

Sobre la mesa cubierta con un mantel de hule floreado, se agolpan las fuentes. Odio la comida de cantina, así que éste es un día especial. Frijoles colorados, arroz blanco, carne con papas. Ensalada de aguacate, lechuga, pepino y tomates. Los pájaros enjaulados, junto a la ventana, no dejan de saltar. No queda nada de la lluvia del amanecer. El cielo, azulísimo; el sol fustiga el mar, que podemos ver entre los flancos de dos horribles hoteles art déco. El aguacate se deshace en mi boca.

—La semana que viene me voy a California. Mi hija me tiene conseguido un buen trabajo. Dice que no debo estar aquí limpiando pisos como si fuera una criada, si allá puedo hacer algo mejor y ganar más...

Sentimental.

—¿Hiciste tú misma el flan? —pregunto—. Está delicioso.

Los ojos se le humedecen. Duda un instante. Contempla los movimientos enloquecidos de las aves.

—Me voy a llevar las fotos que te hice... aquellas, desnudo... para masturbarme allá.

—Buena idea. Dame algunas tuyas. Podemos llamarnos por teléfono y hacerlo sincronizadamente.

Nos reímos.

—Estoy vieja...

—No digas eso... —miento.

Bajo por Española Way hacia el mar. Atravieso Collins Ave. eludiendo las bandadas de viejos que circulan en todas direcciones. Muchos judíos, algunos vestidos de negro. Entran y salen de las pequeñas tiendas picoteando el aire con nerviosos movimientos de cabeza, mientras hablan en yiddish. Los veo agitarse a dos pasos de la muerte, como reliquias de un tiempo remoto, removidos por la avalancha de cubanos, nicaragüenses, salvadoreños, ecuatorianos, mexicanos, peruanos, argentinos y todos los demás. Gente prieta, del sur, que se obstina en recalar cerca del mar mascullando sus respectivas jerigonzas.

Rojo, morado como una piel enferma, pus, supuración del fondo de la tierra: mar de la tarde.

Camino por la franja de arena entre los viejos hoteles repintados de Ocean Drive y el océano. Hay poca gente en la playa. Esporádicos grupos de turistas emergen de las sedosas dunas en cuyos lomos pueden distinguirse las huellas de los tractores que recogen la basura. A cada rato matan a uno para robarle la cartera, pero siguen viniendo. Cuatro mujeres de quién sabe dónde retozan alrededor de una radio a todo volumen. Una de ellas tiene las tetas al aire; brincan a cada movimiento.

Si comenzara a llover ahora, estoy seguro que sería como en un sueño que tuve. Caería mierda.

Recuerdo unos versos:

> La misma pequeñez de la luz
> adivina los más lejanos rostros.
> La luz vendrá mansa y trenzando
> el aire con el agua apenas recordada.
> Aún el surtidor sin su espada ligera.
> Brevedad de esta luz, delicadeza suma.

Versos que quiero olvidar. Porque cuando recuerdo cualquiera de estas frases siento algo parecido a la esperanza. Y la única forma de ser libre es no tener ni la más mínima esperanza.

El cielo es una mancha, repite muy bajo. Está parado frente a mí, en la nata del atardecer. Me acerco y le propino una bofetada cuyo estallido rebota en la arena húmeda dejando una estela sinuosa. Lo miro a los ojos. Tiene muy mal aspecto: apenas mide un metro; seco, encogido. Le queda poco pelo y debajo de los ojos hundidos hierven unas ojeras enormes como latigazos. Sin dejar de mirarlo, sin que un pestañeo siquiera denuncie mis propósitos le doy una patada en los huevos. Hace una mueca horrible. De sus pupilas brota un reguero de palabras oscurecidas, lentas, mezcladas con un líquido espeso. Cae de rodillas, la cara descompuesta por el dolor; pero por entre los dientes de leche, flojos y anormalmente separados, continúan saliendo palabras que se organizan de inmediato para formar la frase: *El cielo es una mancha...* Le doy otra patada, esta vez en el costado. Algo cruje. Emite un rebuzno que brota como un gran eructo del fondo de su vientre consumido.

Me alejo del bulto que parece un animal pudriéndose en medio de una nube de moscas. Las turistas, que han contemplado la escena, se hacen las de la vista gorda y continúan con sus bailoteos. Agitan como poseídas las blancas nalgas.

Deben ser de uno de esos países en los que nunca sale el sol.

Deambulo por la playa hasta que cae completamente la noche. La noche es verde. Verde de Prusia. Ahora que María se marcha pienso en las mujeres que he conocido. Fragmentos. Retazos. Los senos de una, el sexo de la otra, el sabor de una boca, el olor de una piel, una risa sonora. Todo se mezcla en mi interior y no sé qué perteneció a quién. Quizás le pongo las nalgas de Sara a Olguita. Las tetas de Lillian (grandes, macizas, que como acababa de tener un hijo, bastaba un leve apretón para que lanzaran chorros de leche), a Maritza.

El culo negro, áspero, cubierto de pelos de Rosa, a la pálida y frágil Esther. Fragmentos. A veces lo que me queda de alguna es sólo un gesto, el espeso calor de la habitación sucia, alquilada, sin agua corriente, en la que hacíamos el amor en el asqueroso verano habanero. O un alarido. Aquellos gritos de Bertha cuando la enculaba: su carne compacta al compás de unos berridos elementales, perfectos.

La arena se ha enfriado untada por la brisa que trota a lo largo de la orilla. Pronto María se irá fragmentando también, y algún que otro resto llegará a mí en medio de una marejada de recuerdos. Dentro de algunos años, ¿qué quedará? ¿El olor a orina, el gorgoteo en su agujero boqueante? ¿La rabanada de tristeza al despedirnos? ¿El regodeo con que saboreaba mi semen?

Camino en la oscuridad. Me quito los zapatos y meto los pies en la espuma que resplandece como un líquido infernal por el verde que cae del cielo. Verde de Prusia. En el ambiente hay también algo infernal, pero sin el hipócrita sentido de culpabilidad de la Iglesia católica. Infernal porque lo es, sin que uno se lo haya merecido o sea resultado de castigo alguno.

A unos pasos, cerca de una solitaria caseta de salvavidas, un pájaro enorme planea en la negrura del aire. Se posa, corre con las alas extendidas. Lo persigo. Parece que no conseguirá levantar el vuelo. Es casi del tamaño de una persona, de un muchacho, pero con los brazos larguísimos.

Al fin despega torpemente y pasa junto a mí rumbo al mar.

Cuando llego, contemplo la casa con recelo. Desde el automóvil, sin apearme. Olvidé dejar alguna luz encendida y está en tinieblas. Es tarde. Todos duermen. Se acabó el weekend. Mañana hay que levantarse temprano a trabajar.

Las sumisas manadas, las domesticadas manadas: nosotros.

En la radio Bola de Nieve, con su voz desgarrada, canta una canción de amor. Como sólo él puede. *Yo sé bien que estás herido, mil saetas al oído… que volaron y traidora, una fue la que te hirió…* A esta hora se puede oír la radio. Todos los patriotas del exilio, todos los traficantes de influencias, todos los vendedores de algo, todos los analfabetos devenidos filósofos radiales se han retirado a sus relucientes casonas en los barrios exclusivos, luego de arengar al exilio a que se sacrifique un poco más pues ya estamos a un paso de la victoria.

La voz del Bola se eleva como un prístino quejido de amante desconsolado y la noche sobre mi cabeza, sobre el carcomido techo del viejo Toyota, se va humanizando, conducida por el Bola que agita su batuta y la dirige como a una orquesta. *Que me libres sólo quiero de este dardo traicionero, que mi vida soñadora sin piedad… envenenó…*

Por fin me decido y salgo del auto. Atravieso el jardín mojado por el rocío. Abro los tres cerrojos que no han impedido que los ladrones vacíen la casa dos veces desde que vivo aquí. Entro. Enciendo la luz: todos están muertos. Forman una nata gorda que cubre los muebles, la alfombra, las paredes de la sala. Los aplasto mientras avanzo hacia la cocina. Bebo un vaso de agua. El resto de la casa está por el estilo. Todos los insectos, todas las palabras, las hadas tetonas: muertas o agonizantes. Crujen bajo mis zapatos. Voy al cuarto. Está en el mismo rincón en que lo vi por primera vez. Apenas lo reconozco. La calva le reluce, aceitada, la piel reseca, polvorienta, cuarteada como si miles de años hubieran pasado sobre ella. El rostro de huesos salientes. Los ojos afiebrados tienen aún una luz mortecina y opaca. Me asomo a ellos tratando de ver el fondo. No hay nada. De la boca entreabierta se escapa un hilo exiguo de palabras que agitan desacompasadamente las patas y gotean sobre la camisa. Le toco el pecho con cuidado y mis dedos se hunden empujando el esternón hacia dentro como si nada lo sostuviera. Se le escapa un ronquido borroso. Vuelvo a los ojos. Lo poco que queda en ellos de vida se apaga. Comprendo que está muerto. Me aparto.

Voy hasta el closet, saco la escoba y la aspiradora. Comienzo por la cocina. Sacudo los muebles para que los bichos, que se han resecado súbitamente, caigan al suelo y así sea más fácil recogerlos. Hay tantos que tengo que cambiar varias veces el depósito de la aspiradora. Abro el refrigerador otra vez, y tomo un poco de jugo de naranja directamente del envase.

Meto los cartuchos llenos de alimañas muertas dentro de bolsas plásticas de basura. Regreso al cuarto con una de las bolsas. El cuento se ha desmoronado en el rincón. Lo que queda es la ropa, pedazos de piel correosa enlazada a los huesos que asoman por entre la camisa podrida. Las tibias emergen de los tenis sucios. Le doy un golpe con la escoba y se deshace. La columna vertebral cloquea, esparciéndose, el cráneo cae con un ruido leve. Golpeo otra vez y los huesos se pulverizan. Abro la bolsa y, con la ayuda del recogedor, meto los restos dentro.

Afuera la noche se enfría al adentrarse en la madrugada. Cargo las bolsas plásticas que he llenado con los restos del cuento y las pongo junto al poste del tendido eléctrico. Ya otros vecinos han depositado su basura allí, y como todos los lunes, al amanecer, el camión con la grúa se las llevará. Alguien ha dejado un butacón roto, unas ramas, una silla desfondada. Las bolsas forman un confuso bulto que se diluye en la oscuridad. Cuando regreso a la casa me vuelvo y trato de distinguir la que contiene el cuento.

No lo consigo.

CUMPLEAÑOS

I

Está en una franja de tierra en la que unos pinos viejos crecen dispersos. Los árboles agitan al viento sus pieles transparentes. A la derecha del hombre, más allá del agrietado contén de concreto el mar tiene un tono compacto. A su izquierda se levanta el bosque como una pared; en contraste con la rala franja de tierra, los pinos lacerados y la ancha y plomiza planicie del mar. Lejos, flotan velas brillantes. Entre los pinos y el bosque se extiende un pedregal salpicado de manchas de hierba y tierra arenosa. Hierba como cabello viejo y escaso sobre el cráneo manchado del mundo.

Llámenle Gabriel.

Camina hasta la glorieta de madera: en el centro pende la piñata; tira levemente de los cordeles: de ellos, se colgarán los niños. Se asegura que estén a la altura adecuada. Sostiene la caja de cartón forrada de papeles de colores y flecos. Comprueba su peso. Contiene suficientes caramelos. Los críos estarán satisfechos.

Es temprano, la humedad del amanecer se desliza como una nata blanca a lo largo del parque. El rocío reluce sobre las hojas. Una brisa pequeña rebota entre los matorrales torpemente. Herida. Perseguida por una bestia mayor.

Su mujer, sus hijos, sus hermanos, los invitados, llegarán más tarde. Él, como otros años, se ha encargado de prepararlo todo. Colgar la piñata, amarrar los globos, traer los envases plásticos llenos de hielo, el carbón para cocinar los hamburgers, los hot dogs.

Junto a sus pies se mueve un ciempiés sedoso. El animal se apresura sobre el cemento húmedo con una prisa redonda y ridícula que molesta al hombre; alarga la pierna con un movimiento casual, lo aplasta. Cuando aparta el zapato: una mancha verdosa, salpicada de pelusas doradas.

Mira hacia el extremo del parque, hacia el punto por el que debe aparecer la mujer o cualquiera que desee llegar a la franja, al parque con sus glorietas alineadas, constreñidas entre la arboleda y el agua. Nada se mueve. La soledad es tan enorme que la ve avanzar entre la bruma blanca apretándose los pechos hinchados, echando leche sobre las pequeñas piedras del trillo. Vuelve los ojos hacia el bosque y observa cómo los pinos se contonean con insolencia.

Avanza hacia ellos.

Por encima de los árboles ve las estúpidas, lujosas y brillantes torres de los edificios de Brickell Ave.

II

Penetra la húmeda espesura. Una libélula de ocho patas y alas fibrosas vuela cerca de su cabeza produciendo un zumbido agudo. Con el aguijón enhiesto se precipita sobre una hembra y le clava el arma con un chasquido humeante. Las hojas que cubren el suelo se mueven como si estuvieran vivas. Pero son insectos. Innumerables insectos se deslizan bajo el manto pardo, mojado, del hojerío que se pudre. Los hay delicados como ángeles, traslúcidos, a través de cuyas pieles puede verse el corazón bombeante, los intestinos enroscados, el estómago en plena función trituradora. Los hay sólidos cual piedras, cual trozos de acero, laminados, acorazados como máquinas bélicas que parten con un movimiento aceitado de sus tenazas a otros más débiles o más lentos. Algunos devoran hojas, otros horadan la superficie creando túneles por los que se pierden bajo tierra. Cerca, junto a un árbol, una serpiente atrapa a una ardilla y traga afanosamente.

El bosque ondula, es una gran piel.

Un enjambre de mariposas oscuras abanica el aire manchando la atmósfera. Pequeñas serpientes se lanzan desde las ramas y las atrapan al vuelo. Pájaros de diversas especies disputan las mariposas a las serpientes. Legiones de lombrices, desplazándose bajo la hojarasca, agujerean la blanda tierra. Un insecto negro y zancudo fornica con su hembra, mientras ésta lo devora.

Está en el borde de un claro donde penetra el sol a través de un tragaluz. Desde él, es imposible ver al hombre que se halla protegido por la maleza.

Bajo la luz, sobre la hierba rizada como pelos hay dos muchachos. Uno, agachado, con las nalgas tirantes y enrojecidas al descubierto. Vellos largos, húmedos de sudor. El otro, de pie, lo penetra con furia reconcentrada que parece encontrar eco en la actividad del bosque, en el tráfico de los animales y en el frotar de las plantas. Al entrar y salir del ano, el falo produce un chapoteo. El muchacho agachado tiene la cara pegada a la tierra, los ojos muy abiertos y de la boca de dientes apretados le brota un líquido blanquecino y pegajoso. Un estremecimiento recorre la espina dorsal del hombre. El que está de pie alza el rostro hacia el agujero en el techo de ramas, y de su expresión emana una concentración inaudita, religiosa.

El movimiento acelera. El hombre permanece inmóvil al borde del claro. Sudoroso, siente animarse todo a su alrededor. Una sudada danza se instala. La tierra adquiere un color rosa que no puede reconocer de momento, pero que pronto recuerda haber visto en el sexo de su mujer. Cuando acerca el rostro a su agujero abierto. Los insectos chillan al tiempo que fornican, mastican, cazan, tragan: pájaros, animales, vegetación, se retuercen anhelantes. El miembro violáceo del muchacho, cubierto de una baba sucia, alcanza velocidad y profundidad máximas cuando el paisaje comienza a transformarse. Un gato salvaje salta con un largo roedor entre los colmillos. La cabeza del roedor cruje y los ojos salen de sus órbitas bajo la presión de las mandíbulas. Sinuosos reptiles atrapan aves de plumas deslumbrantes y comienzan a ensalivarles las alas.

Anuncia un cuerpo la actividad febril de la floresta.

Entonces, Gabriel siente que su falo crece haciendo estallar el pantalón y forma un círculo, guiado por una mano invisible: se clava en su propio trasero, rojo y humeante.

Delicia suprema que lo alcanza.

Ahora se debate en su semen y en el fluido pegajoso que, gimiendo, la tierra expele. Una especie de himno resuena, inidentificable. Su cuerpo afiebrado es un círculo. No aparta los ojos de la pareja, mientras los labios de la vagina del mundo, donde se encuentra, se abren temblorosos para recibir el infinito falo de Dios.

TARDE MORADA

I

Cuando entran al expressway la tarde es morada. Cae, aferrándose a los techos. Un grupo de nubes, apelotonado en el horizonte. Plomo. La resina de la tarde chorrea sobre el southwest de Miami, espesa la luz de los automóviles y transforma sus pulidas superficies. Aislados árboles salpican la basta extensión de techos planos, de la que emergen torres, como punzones.

Desplazándose por la calle morada, deslizando la mirada por las fachadas moradas por los rostros morados de los transeúntes y por entre las moradas hojas de los laureles, Gabriel tuvo la impresión de estar viajando por un río antiguo, sosegado.

Siempre deslumbrantes, los atardeceres de la ciudad. Comienzan con un estremecimiento, con charcos azules que se instalan en la lámina ardiente del cielo. Después los charcos, enrojeciendo, ganan terreno y el morado entre murmullos y cuchicheos comienza su despliegue por el horizonte. El tiempo se detiene durante la ceremonia del hundimiento del sol.

Todo queda entonces a merced de lo morado.

El destartalado Toyota se estremece mientras trepa la rampa de acceso a la I-95. El escozor de lo morado disminuye. Ahora avanzan en dirección contraria al atardecer.

—¿Viste qué bello está el cielo?

La mujer lo mira: los ojos dos charcos también morados. Se pasa la mano por el pelo antes de responder.

—Sí —dice. Está un momento callada y luego añade—: Odio esta ciudad...

Corren sobre los barrios negros. La pobreza asciende como un vaho desde las calles solitarias. Los automóviles vuelan, excediendo el límite de velocidad, por las carrileras contiguas. Todo el mundo tiene una prisa enorme. Falta poco para el fin del año y la ciudad se vuelca en las grandes tiendas, en los monstruosos malls, luego de recibir las instrucciones desde las páginas de los periódicos, o desde las pantallas de los televisores.

Como una manada obediente circulan ansiosos, inmersos en los estertores del día que se prepara para morir.

II

Tuvieron que tocar durante varios minutos antes que una mujer diminuta abriera la puerta.

—Perdonen —dijo, con voz agrietada, de guajira—, pero estamos en el cuarto... con él... y el ruido del oxígeno no deja oír nada.

La vieja, como un insecto molesto por la luz giró ocultando el rostro carmelita y ríspido que a Gabriel siempre le recordaba el lomo de una cucaracha. No medía mucho más de un metro y era tan compacta y sus extremidades tan cortas que parecía un muñeco de barro, de movimientos crujientes y desarticulados. Clara la alcanzó y la besó en la mejilla inclinándose, pero su marido hizo un gesto vago a modo de saludo para evitar el contacto.

Pucha los condujo hasta la pequeña sala amueblada con tres sillas, un sillón y una mesita cubierta de fotografías. Gabriel se sentó en el sillón, mientras su mujer seguía al insecto fangoso en dirección al cuarto. La puerta era muy estrecha. Clavado en el marco colgaba un cartel escrito a mano que decía:

OGCIGENO
EN EL CUARTO
NO FUMAR

Se entretuvo mirando un cuadro. Representaba, de manera burda, un barco con las velas desplegadas. El fondo del cuadro era de terciopelo negro y las velas del navío ostentaban un color ocre verdoso que parecía vómito. Las velas se desplegaban en el vacío pues el artista había olvidado pintar los mástiles. Manchas sobre el negro, entre unas zafias nubes amarillas. Sintió náuseas. En su interior comenzaron a crecer unos sonidos blandos. Algo caliente y ácido trepó por su pecho buscando la garganta.

Apenas tuvo tiempo de llegar al jardín. Echó una nata gorda, pus espumoso en el que alcanzó a distinguir restos vegetales. Arriba el cielo —Gabriel lo miró como a una persona— tenía el color exacto de ese traje que se pone el Papa cuando se desliza impoluto y bien alimentado entre las multitudes hambrientas.

Parado entre los diminutos canteros, notó que la casa despedía un olor repelente por puertas y ventanas. Al regresar adentro, comprobó que, efectivamente, la casa estaba inundada por un extraño olor, de indefinible procedencia. Un olor a piel vieja, a palidez, a fango. *Aquel fango de la zanja en el que abrían agujeros en busca de lombrices, cuando eran niños.*

Corrió afuera y vomitó otra vez. Cuando terminó, sintió sobre él la pesadez del cielo. Alzó la cabeza y vio flotar en el espacio unas nubes ralas y amarillas, como las del cuadro.

III

Clara se asomó por la puerta del cuarto y le hizo señas para que se acercara. La habitación, pequeña, estaba pintada de un verde pastel. A lo largo de la pared opuesta a la puerta, en una cama de hospital, se hallaba el hombre. Junto a la cabeza, los balones de oxígeno. La cabeza del viejo se había hinchado bastante desde la semana pasada. También la coloración era diferente. Morada, casi negra. Con unas manchas como de esputos, como de semen reseco.

Gabriel pensó que todo estaba conectado. La cabeza y la tarde, la saliva y el cielo, el semen y el vómito. Las nubes y el cuadro. Pero la agonía del hombre postrado lo dominaba todo. La agonía que se engurruñaba en su interior dejando escapar un murmullo monótono por la boca cuarteada y entreabierta. Que el viejo pareciera ahora cielo o cuadro, o fango o trozo de lombriz de su infancia o expressway reluciente transformado por la proximidad de la noche, carecía de importancia.

Alguien desataba dentro del enfermo unos sudores gruesos como sogas, que obligaban a cambiar la ropa de cama con frecuencia. Sólo la mitad del cuerpo estaba inflamada. En el pecho, los hombros, los brazos, el estómago, la piel estirada daba la impresión de estar a punto de partirse. Pero de la cintura hacia abajo una delgadez extrema bordeaba los huesos pegándolos contra la piel quebradiza y polvorienta. Bajo la sábana azul las piernas, dos palos secos ceñidos por la tela, temblaban.

El hombre tosió y las dos mujeres, Pucha y otra, más joven pero también marchita, de ojos apagados, corrieron junto a la cama. Una le limpió la flema con un pedazo de papel y lo depositó en un cubo que se hallaba junto a los balones de oxígeno. Clara permaneció sentada en un catre colocado a la izquierda, que servía a las dos mujeres, la esposa y la hija del viejo agonizante, para pasar la noche.

Junto a la puerta había un altar con varias imágenes de yeso. San Lázaro, con sus perros lamiéndole las heridas. La Virgen de la Caridad del Cobre entre unas olas pintadas de azul Prusia. También en el altar estaban colocadas estampas de santos y santas que Gabriel no reconoció y una oración escrita en letras góticas que terminaba proclamando: «¡En Dios confío!».

Le llamó la atención una foto pegada en la pared, encima del catre. A ambos lados de un pasillo de cemento, se alzaban dos hileras de enormes calderas. En el pasillo, conversaban dos hombres. Sobre sus cabezas se entrecruzaban decenas de tuberías humeantes. Una foto en blanco y negro. Antigua. Permitía distinguir claramente la abundante cabellera de uno de los hombres. El otro tenía puesta una boina. El de la boina le pasaba el brazo sobre los hombros a su compañero. Sonreían. La risa de la juventud. Supuso que uno de aquellos jóvenes era el viejo, que ahora temblaba en la cama. Aunque ninguno de los atrapados en la imagen se parecía en nada a aquello que se estremecía al ritmo de los balones de oxígeno. A la derecha de la foto, una bandera cubana de papel, clavada a la pared, reproducía los movimientos del cuerpo. Éste los transmitía a la cama y de allí trepaban arrastrándose por la pared hasta alcanzar la bandera. Una de esas banderas que se llevan a los desfiles. Otras imágenes religiosas pendían, pegadas con scotch tape, de la puerta del closet. Baratas, tan comerciales, que los santos parecían modelos de Calvin Klein.

Recordó que Clara le había dicho que el viejo siempre quiso regresar a su país. Pero estaba allí retorciéndose y ya no podría. El médico auguró, con cara de ocasión, que duraría otra semana. No parecía que fuera a llegar tan lejos. Una mosca comenzó a zumbar en la habitación. Pucha, con un abanico de cartón que anunciaba una famosa cadena de supermercados, lanzó un golpe tratando de alcanzarla. Falló, y el abanico, al dar contra uno de los balones de oxígeno produjo un sonido que flotó como un filo.

El viejo ya no tenía pelo y la cabeza le brillaba mientras emitía una especie de chirrido. Deliraba. Gritaba llamando a personas muertas o conversaba con ellas como si estuvieran allí, a su lado. Movía las piernas sin ton ni son, como al impulso de una tonadilla arrítmica. Los ojos, dislocados, se abrían esporádicamente y miraban muy fijo a una mujer o a la otra. En ocasiones se tornaban claros y lúcidos como si pertenecieran a otra persona. Como diciendo: «Lo veo todo». Pero duraba poco. Enseguida regresaba la mirada opaca y el temblor incontrolable.

—Es el miedo —dijo Gabriel para sí.

De vuelta en el sillón sintió ese odio físico que experimentaba siempre ante un cuerpo agonizante. Un odio puro que no tenía que ver con alguien específico, sino con la impotencia del cuerpo humano abandonado y humillado al final.

De uno de los cuartos del fondo emergió el nieto del enfermo. Un gigantesco adolescente, que apenas hablaba ya español.

Se detuvo a unos pasos. Preguntó con una mueca rara en el rostro grasoso:

—¿Crees que los Dolphins *will win today*?

—No sé —le respondió—, pero si no lo hacen están fuera de los playoffs...

El joven asintió y puso cara de disgusto.

—¿Cómo van las cosas? —preguntó Gabriel por decir algo.

—Bien...

—¿La escuela...?

—Okey...

—¿El trabajo...?

—Okey. *No problem...*

IV

Al regreso, la noche casi posada.

Cuando arribaron al punto en que la carretera ascendía, distinguieron aún una línea naranja devorada por la inmensidad moribunda de la tarde. A un costado, la armazón circular del Orange Bowl navegaba en el agua oscura que comenzaba a circular por el cielo.

—¡Mira, parecen colmillos! —dijo Clara levantando el brazo para señalar la cóncava esfera que se apagaba en el horizonte. Los últimos rayos del sol, filtrándose entre las abombadas nubes, semejaban largos colmillos.

Gabriel asintió con un gesto y recordó el cuento que le daba vueltas en la cabeza desde hacía una semana y que aún no había escrito. Describiría el día en que los cubanos muertos se levantaban de los cementerios de Miami y echaban a andar en dirección a la isla.

Comenzaría así: *Todos estaban muertos; iban hacia Cuba...*

PONTIAC

Un día luminoso

La mujer tiene alrededor de setenta años, paso firme, figura sólida. Viste un short hasta la rodilla y una blusa de tela fresca, ligera, apropiada para el riguroso verano del sur de la Florida. Calza unas zapatillas de piel tejida, cómodas. Lleva el pelo húmedo, recién lavado, recogido en un moño redondo, que atraviesa una peineta.

Sale de la panadería La Fortuna, en Flagler St. a la altura de la 21 Ave., con una libra de pan cubano en la mano izquierda. Pasos cortos. Cruza el reducido espacio de estacionamiento del sucio shopping center donde se halla la panadería. Parte un trozo de pan con la mano derecha y se lo lleva a la boca con gesto distraído. En la acera, mordisqueando, gira la cabeza a derecha e izquierda. Observa el tráfico.

El cielo ámbar de la mañana pende sobre ella como un techo. Un día luminoso, tibio de enero que comienza. Los coches transitan veloces. Camina con paso firme hasta el centro de la calle y se detiene sobre las marcas amarillas que separan los carriles. Allí espera.

Un viejo Pontiac de 1956, macizo y extemporáneo en una ciudad donde conducir un vehículo de más de cinco

45

años de antigüedad significa una vergüenza pública, se aproxima. Cuarenta millas por hora, al menos. El límite, un ápice más tal vez, de la velocidad permitida en la zona.

La mujer continúa pellizcando, masticando el pan. Tararea un melodía inaudible. Se pasa la mano por el pelo, ajusta la peineta. La mano al descender roza la blusa y va a colgar junto al cuerpo. Un ademán corriente, destinado a poner en orden su aspecto.

Aguarda.

Ladea un poco la cabeza, como si saludara.

Las cartas

Seis meses antes, a principios del mes de agosto, la mujer está sentada en la sala de la casa que comparte con su hijo mayor, Lucas. Frente a ella, en la pantalla del televisor, *Vidas tronchadas*, la telenovela de moda. Todo Miami, a esa hora, una extensión de *Vidas tronchadas*. Cinco y treinta. El bochorno anaranjado y caliente del atardecer entra por la ventana. El ventilador zumba removiendo el dorado escozor. La luz, como carne floja, cuelga sobre los muebles.

Los otros dos hijos viven cerca, con sus mujeres e hijos. Puede llamarlos por teléfono, lo que hace a menudo, y en cinco minutos estarán allí. Le gusta. «La gallina cacareó», suele decir, sonriendo, cuando acuden presurosos.

Está preocupada porque no recibe noticias de su hermano. El hermano permanece en Cuba: un comunista adorador del sistema («El liderfalo lo penetró», dicen los hijos al respecto); que con el tiempo, comprendió que la hermana exiliada diez años atrás, primero en Madrid y luego en Miami, podía enviarle medicinas que necesitaba para un hijo enfermizo, y eso pudo más que sus convicciones ideológicas («Ahora sólo se mete la puntica», con esta frase definían su nueva actitud

47

los hijos). Las cartas arribaban pidiendo medicamentos primero; luego, casi cualquier cosa. La última misiva solicitaba un vestido para la celebración de los quince años de la hija y especificaba no sólo las medidas de la jovencita sino la tela en que debía estar confeccionado. Organza, satín, encajes. «Mi hermanita», encabezaba las cartas y la mujer no podía contener las lágrimas cada vez que las leía. Los hijos protestaban de lo que llamaban «el descaro infinito de ese tipo», pero acababan siempre facilitando a la madre el dinero necesario para comprar lo que solicitaba su hermano. Y pagar el envío.

—Es un hijoeputa, lo sé, pero es mi hermano —arguye Luz, que así se llamaba la mujer. Y eso era todo lo que tenía que decir al respecto. Abriendo mucho los ojos color café claro. Enredando al máximo las intrincadas redes en torno al borde esponjoso, blanco manchado de la esclerótica.

—Pero ese hombre para conseguir un bono con el que comprar un televisor ruso, nos hubiera denunciado, metido en la cárcel... —ripostaban los hijos cada vez que resurgía el asunto. Cuando les informaba del más reciente pedido. Al llegar nuevas cartas. Que cada vez arribaban con mayor frecuencia.

Así fue durante un par de años. Hasta que las misivas cesaron meses atrás.

—Algo le ha pasado —murmura la mujer como interpelando al galán de la telenovela. Un tipo de bigote y melena negra, que en ese momento se inclinaba para besar sin ganas a una rubia de ojos verdes profusamente maquillados y gigantescas pestañas postizas.

Un perro llega desde el cuarto meneando el rabo. Chiquito y feo, de aire asustadizo y cola de alambre. Va, sin preámbulos, hacia el sillón donde Luz está sentada y de un salto se acomoda en su regazo. Hociquea entre sus manos. Toc toc

toc el rabo contra la madera del asiento. El aire es morado dentro de la habitación. Escamoso como la piel de un dragón, diría el más joven de los hijos, que escribe cuentos y novelas. Los tres escriben cuentos y novelas, pero sólo el más pequeño definiría el aire de la habitación de aquella manera. Le gustan las historias fantásticas.

Lo cierto es que la habitación reverbera. Un tizne rojo producido por el atardecer se frota contra las fotos que cubren la pared, el altar lleno de imágenes de santos —Cristo en la cruz, San Lázaro, Santa Bárbara, San Juan Bosco, la Virgen de las Mercedes, velas rojas y verdes, muñecas—, contra los muebles, la bombilla, el retrato del marido muerto y los nietos vivos, la planta de malanga que cuelga del techo. Cenizas.

Siseo de la tarde, oleaje, tiempo quemado.

Acaricia al perro.

A las muñecas del altar les arde el rostro. Diez o doce, de diferentes tamaños y atuendos, todas rubias. Limpias. Impecablemente peinadas y vestidas. Enfermeras, azafatas, bailarinas, patinadoras. Zapaticos lustrados. Charol. Lazos. Azabaches. Una de largas trenzas. La luz chispea en los ojos de cristal, haciendo las mejillas rubicundas, saludables.

El galán abraza con falsa pasión a la ojiverde. Las pestañas alámbricas le arañan la mejilla.

—Algo le ha pasado —repite la mujer.

Tantas cosas

Años antes.

Esperaron tres horas a Luz y a Miguel, el hijo de Gabriel. Vuelo Madrid–Miami. Tres años de exilio madrileño. Y gracias que España concedió la visa que les permitió salir de Cuba.

Luz permaneció en la isla, cuidando al nieto. Los hijos escaparon antes, en botes, en balsas. «¡Sálvense ustedes que son jóvenes!», decía la madre. Vivió cinco años como una apestada en su propio país; sólo porque quería irse.

Escapar de la isla, reunirse por fin, no importa dónde; clamaron por casi una década. Ahora había llegado el momento.

Aeropuerto. Cubículos encristalados. Refrigerados. Altos policías rubios. Otro también alto, trigueño, cubano. O «hispanic», cualquier cosa que eso fuera. Cintas plásticas, postes metálicos. Detrás los familiares esperando. Negros corpulentos, voluptuosos: los maleteros. Centelleos metálicos, gotas de sudor charolado. Trasiego, gritos.

Luz apareció, ansiosa. Desorientada entre los viajeros, todavía con el grueso abrigo puesto. Madrid azotada por una feroz ola de frío. Record de pulgadas de nieve, aquel año.

Una maleta grande, opaca, en una mano, y una caja de cartón atada con cordeles, en la otra. El pelo ahuecado. Tenue tinte caoba. El rostro mustio, desencajado. *Le tengo pavor a los aviones.* Zapatos de aspecto desabrido; duros, regalados. La cartera atravesada sobre el pecho. También regalada. El niño asido firmemente al abrigo.

El niño tenía el cuerpo esmirriado y una cabeza grande con pelo para dos cabezas. El rostro era el mismo de Gabriel a esa edad, diez años. Los ojos verdeamarillentos. O grises. Cambiantes. Llevaba bufanda, y la mano con la que se agarraba al abrigo de Luz estaba enguantada. Con la otra, desnuda, aferraba una pequeña maleta como quien aferra un país. No apartaba los ojos de ella. Una expresión difícil embargaba su rostro: mezcla de ansia y terror. Zapatos gastados en las puntas. Ortopédicos.

En cuanto los distinguió. En el molote de cien manos, cincuenta risas. La mujer empezó a llorar. Sin ruido. Lágrimas de cristal por los flashes de las cámaras. Entrando por los cauces de las arrugas. ¡Mima! ¡Mima! Hernán alzó el cuerpo de su hija, de apenas un año, embutida en un mono rosado, por encima de las cabezas, para que su abuela pudiera verla por primera vez. Lucas también lloraba, disimuladamente. El rostro de Gabriel no expresaba nada. Fijos los ojos en la caja de cartón que sostenía la madre. Y en los zapatos de su hijo.

Péndulo. Pasitos cortos. La multitud, las maletas, impedían avanzar en línea recta. Dos pasos en una dirección. Uno en otra. La caja de cartón golpeó a una mujer, que se volvió, pero no dijo nada. Rodeo. Un niño, vestido como un maniquí, con un enorme avión plástico en el extremo del brazo en alto, comenzó a saltar entre los viajeros.

—¡Nos estrellamos, nos estrellamos!

Mamá maniquí trató de hacerlo callar. Papá ejecutivo se arregló la corbata sin mirarlos.

Por un momento, Gabriel tuvo la extraña sensación de que su madre y su hijo no querían llegar a la salida, de que preferían estar en esa tierra de nadie del pasillo, mezclados con los otros pasajeros, suspendidos entre dos países. Pero cuando se despejó el camino vinieron derecho hacia el lugar donde los esperaban.

Lo primero que hizo Luz al llegar junto a ellos fue soltar la maleta, la caja de cartón: cargó a Mónica.

—Es igualita a tu padre que en paz descanse. A su abuelo —dijo sin parar de llorar, dirigiéndose a Hernán.

El hijo seguía aferrando el abrigo, la maleta. Ahora miraba la alfombra gastada, azul de la terminal.

—Miguel —dijo Gabriel, de pie a su lado.

El niño continuó mirando la alfombra, inmóvil.

—¡Miguel ése es tu padre! —exclamó Luz—. ¿No me dijiste que querías llegar a los Estados Unidos para estar con tu padre que hacía muchos años que no lo veías? ¡Dale un beso a tu padre!

Alzó los ojos. Se miraron.

Los llevaron directamente a la casa.

Desde el expressway, vieron las puntas de los rascacielos del downtown miamense clavarse en las nubes bajas, iluminándolas. O mordidas por las nubes bajas, iluminándolas. Le entregaron la llave. Estacionaron al frente, junto al pequeño jardín. Caminaron expectantes por el sendero de cemento.

—¿Quién vive aquí? —preguntó la madre.

No obtuvo respuesta.

Metió con dificultad la llave en la cerradura, abrió, entraron. Recorrieron la casa encendiendo luces. En la sala había un televisor, un sofá, dos butacas, una reclinable, frente al televisor, y un póster enmarcado de un paisaje de Manet, de una exposición en el Museo Metropolitano de Nueva York. En el comedor una mesa rectangular —mantel de hule a cuadros rojos y blancos— y seis sillas, un pequeño aparador con espejo; dos reproducciones —*Verano y Primavera*— de Arcimboldo, enmarcadas. En los dos cuartos las camas estaban tendidas; en la mayor de las habitaciones, el lecho tenía una sobrecama de chenille. El refrigerador de la cocina era nuevo, las hornillas eléctricas: tostadora, batidora y microwave, también nuevos.

—¿Quién vive aquí? ¿Hernán? —volvió a preguntar mirando las caras divertidas de todos.

—Tú vives aquí —respondió por fin Lucas, después de una larga pausa.

Luz no dijo nada. Fue hasta la sala y se sentó en la butaca, mirando la pantalla muerta del televisor. Miguel no se despegaba de ella.

—¿Es en colores? —indagó, esta vez sin mirar a nadie.

—¡Pero claro Mima! —le contestaron a coro.

Entonces se puso a llorar otra vez sin apartar la mirada del rectángulo gris color agua estancada, susurrando algo que al principio no pudieron entender porque a las palabras las cortaban los sollozos y todo el mundo decía algo como no llores o qué es eso Mima éste no es momento para llorar o pero qué llorona es esta mujer o Lucecita éste es un momento de alegría por fin estamos reunidos todos por fin y la cara de Miguel inexpresiva exacta a la de su padre el día que se fue de Cuba y la niña empezó también a llorar con berridos contundentes y poniéndose colorada y mira ya has puesto a la niña a llorar se ha asustado vamos Mima ¿qué es lo que no te ha gustado? y ella protestando con la mano y murmurando tratando de explicar que no, que no, que no era que algo le hubiera disgustado y Hernán diciéndole a Elsa llévate a la niña al comedor a ver si se calma y la letanía se fue haciendo cada vez más comprensible a medida que la mujer se apaciguaba y el llanto remitió hasta que fue posible entenderla claramente y lo que estaba diciendo era: yo nunca he tenido tantas cosas yo nunca he tenido tantas cosas yo nunca he tenido tantas cosas...

Escribideras

Los tres hijos escribían. Desde pequeños. Poesías, cuentos; al principio, y luego novelas. En el caso del mayor, Lucas, novelas enormes que conforman un ciclo con el que piensa abarcar la historia de la familia. Remontándose al primer tatarabuelo catalán que arribara a la isla. Gabriel, el del medio, prefiere los cuentos o la novela corta de tono feroz e iconoclasta, mientras que Hernán el menor, se inclina por las fábulas y las aventuras fantásticas. Un ovni que aterriza en pleno Carnaval de la Calle Ocho y secuestra —por piedad hacia los humanos— a la famosa cantante Pestefán para injertarle la voz de la difunta Elena Burke: eso le resulta un tema sumamente atractivo. Imposible encontrar el origen de semejante afición literaria. No existe un solo antecedente de ese tipo en la familia. Lucas ha rastreado hasta el primer Torres, cuando aquello Torret, en la Cerdaña profunda, sin hallar rastros de ningún escritor. Ni siquiera un aficionado a la lectura de buena o mala literatura.

Los progenitores apenas sabían leer y escribir, pues les tocó una infancia ardua, sin escuelas, repleta de trabajo duro. El padre, mientras vivió, trató por todos los medios de disuadirlos de semejante locura: «Aprendan algo útil —les decía cada vez que tenía una oportunidad—, una profesión, un oficio del que puedan vivir». Más tarde, cuando comprendió que sería inútil, culpó siempre a Lucas de haber influido negativamente en los hermanos. Y eso estuvo entre ellos hasta el final, como una sombra. En sus postreros años, durante las diarias e interminables partidas de dominó en el patio de la casa de algún amigo del barrio, solía lamentarse con sus compañeros de juego a propósito de cómo sus hijos —ahora lejanos, desperdigados por el mundo— habían perdido la vida con «esa mierda» de la literatura. «La escribidera», como la bautizara. «Muchachos inteligentes» —afirmaba con voz agrietada por una desilusión resignada—, «que podían haber llegado lejos. A ser médicos, abogados.»

La madre, sin embargo, pensaba que una pertinaz mala suerte se cebaba en ellos, o que el destino había sido injusto: sus hijos lo que necesitaban era una oportunidad que, primero, el sistema de la isla por razones políticas, y luego —cuando al fin pudieron establecerse en Miami— la mediocridad y el desprecio por la cultura del exilio les negó. Devoraba cuanto manuscrito concluían. Y cuando pasaban a verla, un par de veces a la semana, antes de ir a trabajar, era rara la ocasión en que no inquiría, ladeando la cabeza con gesto cómplice: «Y bueno... ¿cómo va esa novela?». Asistía paciente y atenta —salpicándolas de vez en cuando con una exclamación, o un comentario— a las tertulias que los hermanos celebraban religiosamente todos los domingos. Y vivía esperando el instante del triunfo, que no debía tardar en llegar. «¡Son genios!», exclamaba orgullosa a todo el que estuviera dispuesto a escuchar.

Los hijos se ganaban la vida en diferentes oficios. Si se les preguntaba, respondían que eran «esclavos». De la Avis, una compañía dedicada a rentar automóviles, en el caso del pequeño. El mayor aseguraba servir en calidad de «esclavo» como cajero de un popular restaurante. Mientras que Gabriel afirmaba sufrir estoicamente su esclavitud a manos de un supermercado Publix, donde se desempeñaba como carnicero. Cuando hablaban de la actividad que realizaban para ganar dinero jamás la catalogaban como trabajo, sino del tiempo perdido en la «plantación». En referencia al sistema esclavista impuesto en las plantaciones cañeras cubanas durante el siglo XIX. La palabra «trabajo» la empleaban exclusivamente para hablar de labores literarias.

Todos los domingos se reunían para leer fragmentos de la obra que los ocupaba. Aunque a veces se veían obligados a saltarse algún fin de semana por problemas de «esclavitud». Pero ocurría raramente. La madre no faltaba jamás a una de esas tertulias. Los hijos ejercían la crítica enérgicamente, y no resultaba extraño que al concluir la lectura uno de ellos, alguno de los otros dijera: «Chico, eso es una mierda, se te está reblandeciendo el cerebro... ¡A estas alturas copiando a García Márquez...! ¡Por si no te has enterado, hace años que Macondo apesta! Ahora hay que copiar a De Lillo y Foster Wallace...».

A continuación discutían por horas. La madre seguía los intercambios divertida o alarmada, aunque sabía que al final siempre llegaban a un acuerdo sobre qué cambios harían o no en el texto criticado. En ocasiones reía a carcajadas con las ocurrencias de Hernán, o dejaba escapar una lágrima siguiendo las peripecias de las sagas familiares de Lucas. Parte de las cuales le tocara vivir. A los relatos de Gabriel reaccionaba con inquietud, combinada con secreto deleite. Porque si bien disfrutaba con el humor ácido y las críticas acerbas a la sociedad, y al género humano en general, del segundo de sus hijos, no podía dejar de concluir que con esos textos no se convertiría en un escritor famoso en esa ciudad. Todo lo contrario.

Esas tardes dominicales pasaban ondulando, tibias, como cuerpos infantiles.

Bueno pinga

El día se aplomaba al terminar. Las cagarrutas de las nubes, inmóviles, parecían incrustadas contra la superficie de esmalte del cielo. Cielo impoluto de metal tenso, a punto de romperse. En el patio, las sombras proyectadas por las ramas de un árbol avanzaban lentamente, como humedad que carcomiera la tierra recalentada, la amarillenta hierba.

Estaban sentados en sillas de plástico, alrededor de una mesa del mismo material, bebiendo cerveza. Reuniendo fuerzas, decretó Lucas, antes de marchar a sus respectivas esclavitudes. Los turnos de trabajo, de los tres, coincidieron casualmente ese mes. El patio de la casa de Luz hacía las veces de cuartel general para los hermanos.

—Pero qué descarado es ese tipo —comentó Hernán luego de una larga pausa.

Fósforos. Mueca. Enciende un cigarro.

—Sigue siendo tu tío. —Tos. Lucas encendió otro.

—Qué tío ni que pinga. —Gabriel movió su silla, apartándose del humo expelido por los hermanos con una expresión de asco.

—Eso no lo hace menos descarado.

La tarde comenzó a pensar en la proximidad de la noche.

—Un hijoeputa.

Y se refrescó levemente.

—Tradición familiar.

—Coño no hables así Gabriel, la familia es la familia.

—Familia pinga.

—Se ve que te gusta, no te la sacas de la boca, je, je, je...

—Tía no es mala gente. Acuérdate cuando nos quedábamos en su casa...

—Me acuerdo, de cómo nos hacía sentir que sus hijos eran superiores, cómo nos humillaba.

—Bueno.

—Bueno pinga.

—Gabriel tiene razón... a nosotros nos gustaba ir allá porque era como un palacio comparado con nuestra casa, y esos maricones tenían juguetes, camioncitos, hasta un tren eléctrico tenían... los maricones de los hijos... tus primos... y nos lo restregaban todo por la cara; teníamos que mirar cómo ellos jugaban sin poder tocar los juguetes... ¿Ya se te olvidó...? Tus primos...

—Vete a singar...

—... que ahora son comunistas; nos trataban como criados... ¿Te acuerdas...?

—¿Te acuerdas del día en que el comemierda ese, el más chiquito de los dos, caminando por Santos Suárez se metió contra un poste de hierro y se le hizo una pelota enorme encima del ojo...?

—Jájájájájájá...

—El muy comemierda lo embistió de frente... jájájá... con los ojos abiertos...

—Con aquellos espejuelones que usaba... ¡y no veía ni pinga!

—No me extraña que luego se hiciera del Partido. Los dos.

—Llegó a teniente en el ejército uno, y el otro a sargento o no sé a qué mierda...

—Unos verdaderos mamalones. Pipo siempre lo decía. Esos primos de ustedes son dos comemierdas. Pipo tenía un ojo clínico del carajo para los comemierdas... yo creo que los olfateaba.

—No vieron un bollo hasta que se casaron. Ése era el problema. Toda la gente que no singa termina en el ejército... o en el Partido Comunista.

—O de curas... para prohibirle a los demás singar...

—¡Pero si los curas son los que más singan! ¡Léete a Aretino!

—Yo fui el que te lo recomendó...

—¡Oye eso!

—Voy a traer otra cerveza.

—No para mí, ya estoy bien... (Lucas).

—Sí, otra... (Gabriel).

El olor de la noche: a zapatos mojados, a agujero en la tierra, a hojas machacadas, a semen seco sobre las hojas de un libro, a lona de catre; iba penetrando en el patio con pequeños resoplidos. Todavía débil.

—Bueno, y *el aguacero* ese cae o no cae...

—Jájá, del carajo ponerle *El aguacero* a una novela. (Dando la botella de cerveza a Gabriel y sentándose.)

—No está tan mal...

—Mejor que *La cucaracha policía*, sin duda alguna.

—Ése es un título provisional, pero así y todo es mejor que el tuyo.

—De pinga... yo no sé de dónde coño éste saca esas cosas. ¿Y la cucaracha va de uniforme o es de la Seguridad del Estado y anda de paisano?

—De paisano, es de la Seguridad...

—Me lo imaginaba. Y la entrenó el Fifo en persona.

—El Entrenador en Jefe. Tú sabes que él es de todo.

—Hasta inseminador. ¿Se acuerdan de cuando se pasaba los días metiéndole el brazo en el culo a las vacas aquellas? Y retratándose en el acto...

—En el culo no, en el bollo. Publicaba las fotos en el *Granma*. Un enfermo el tipo...

—¿Cómo se llamaba la vaca aquella de la que estaba enamorado? A la que le hizo una estatua cuando se murió...

—Ubre Blanca...

—Bueno... me hiciste una pregunta antes que se pusieran a hablar mierda. Límpiense la boca y escuchen: ya deben estar al llegar las pruebas de galera; después que las revise, la cosa demora tres semanas máximo. Así que *el aguacero* cae el mes que viene.

—Qué bien... y ¿cuánto te cobró Al Capone por fin...?

—Casi tres mil.

—De pinga.

—Un delincuente total.

—Ya sé, pero un libro no existe hasta que no se publica. Lezama lo hizo, por qué no un comemierda como yo...

—Yo estoy ahorrando a ver si puedo publicar *El factor Pestefán*. Aquella en la que unos extraterrestres secuestran a los Pestefán...

—Ésa es buenísima.

—... pero no me decido a pagarle a ese bandido.

—No queda otro remedio. Ya hemos hecho *todas las muecas posibles*. El último paquete que mandé a una editorial en España me costó setenta y cinco dólares. No les interesa, esa gente sólo quiere publicar a ex esbirros, ex colaboradores, ex comunistas, gente que está en Cuba, oportunistas, arrepentidos y, por supuesto, a la hija de Fifo.

—Y ese Marino tiene la cara dura de dárselas de benefactor de la cultura.

—El alcalde le dio una proclama hace poco declarando no sé cuál el «Día de Marino Gómez», por su contribución a la cultura.

—Coño avísame qué día es para no salir a la calle... o al menos salir sin la cartera. Con esos dos ladrones operando juntos...

—¡Mira que ese alcalde es descarado! Y la gente lo reelige...

—Si no es un delincuente a la gente no le gusta. Aparte de que no hay políticos que no sean delincuentes...

—Términos sinónimos.

—En mi novela lo pongo como un trapo...

—Ya la estás acabando ¿no?

—Me falta poco para la primera versión. Ahorita la termino y todavía no han cogido al Violador...

—El otro día salió en la televisión el alcalde... por lo del Violador de la Calle Ocho. Ya ha matado catorce muchachas... Con esa cara de mamalón profesional salió...

No les importa... ese Violador mata prostitutas pobres. Al contrario. Ese racista jefe de la policía debe dar una fiesta cada vez que aparece un cuerpo tirado en la cuneta.

—Seguro.

—Pues si nada más que mata putas el alcalde debía ponerle doble protección policial a su mujer...

—Ahhjájájájájá...

—Es verdad, la tipa parece una bailarina de gogó...

—No jodas que no está tan buena... ¿no has ido al gogó

del Palmetto? Lo que hay ahí es crema de mamey... ¡unas niñas que se la paran hasta a Miguel Barnet!

—Eso tendría que verlo.

—No exageremos...

—¡Y chuuuuusma...!

—Una chusma de altura la alcaldesa.

—¡Y bruta! El otro día estaba en el programa de radio de Marta Búcaro y decía cosas más estúpidas que la Búcaro; no, la verdad es que le sacaba bastante ventaja... y ya ustedes saben que es mucho más fácil ir caminando hasta la Luna que...

—¡Qué horror! Y uno paga impuestos para mantener a esa lacra social...

(Hernán bebe un trago.)

(Lucas expele humo.)

(Gabriel se tapa la nariz.)

—...

—¿Ya Mónica les representó lo del Moco Volador?

—Tres veces la última vez que fui a tu casa. Hasta que no cambie el repertorio no vuelvo. A no ser que hagas chilindrón de chivo que entonces la cosa cambia...

—Coño, hace siglos que no como chilindrón.

—Pues compra el chivo y lo hacemos.

—Así que tú invitas y yo compro el chivo, no jodas...

—A mí me parece que la Mónica está loca como una cabra.

—Eso es lo bueno... ¿quién quiere ser normal?

—¿Por qué no la pones a coger clases de teatro...?

—Para artista muerto de hambre yo, no quiero que termine por ahí mamándosela a los productores... Ella que estudie medicina, que sea abogado... cualquier estupidez...

—Coño no, cualquier cosa menos abogado.

—Va a ser lo que va a ser y tú no lo vas a poder impedir.

—Veremos.

—Lo del Moco está buenísimo...

—Ahora está escribiendo un cuento sobre una caca. Una plasta de mierda. No ha querido decirme si es humana o de qué... «La Caca de Caramelo» es el título que le ha puesto...

—Escatología pura... ¿por qué no le das a leer a Bukowski?

—Está muy chiquita todavía... loca y alcohólica, eso sí sería demasiado. Ese Bukowski sí era un caballo... escribía unos cuentos pingúos de verdad.

—Bestiales.

—Lo de él era escribir, templar y emborracharse... casi una descripción del paraíso. Aunque faltarían unos chicharrones de puerco. ¿No? (Mirando el reloj.) Cojones ya me tengo que ir a limpiar carros...

—Y yo a lidiar con esos borrachos... Hasta las mil y quinientas.

—Al menos tú puedes leer allí...

—Verdad.

—Ustedes no saben lo que es eso. Esa gentuza... las conversaciones... Lo que no oigo desde la caja me lo cuentan los camareros. Sólo hablan de dinero, de las queridas, de las bombitas, del Viagra y de los negocios con Cuba. Todos están en lo de las compañías que mandan paquetes... o metiendo mercancía de contrabando allá en combinación con aquellos hijos de puta, claro.

—Es un asco...

—Son unos singaos.

—Los cubanos somos la última escoria de la humanidad.

—Peor que los norteamericanos...

—Que ya es mucho decir...

—...

Beben. Terminan las cervezas.

—Y hablando de singaos... ¡le roncan los cojones mandar a pedir un vestido para la fiesta de quince!

—No, y especificando las telas que quiere.

—Ah, ¡pero vuelven con lo mismo!

—Mima nunca tuvo quinces. Ni dieciséis, ni doce, ni diez.

—Es un chantaje. Hacen algo por ti, o creen que lo hicieron, y luego te quieren cobrar toda la vida con el cuento de que son la familia... ¿y a mí qué pinga me importa eso?

—Hablemos de otra cosa.

—No, ese tema nos encanta.

—Que sale Mima y los oye... Ya saben que está preocupada porque no sabe nada del hermano.

—Mima está viendo *Vidas tronchadas*.

—Todavía Pipo que toda su vida trabajó como un mulo para nosotros; él sí que se merecía cualquier cosa... Siempre estuvo ahí. Jodiéndose y cargando sacos y cajas porque el hijoeputa del padre, tu abuelo...

—Nuestro...

—Yo renuncié a esa mierda hace rato... lo puso a trabajar y lo explotaba como un esclavo mientras mandaba a los hijos de la otra mujer a la escuela; los señoritos. Por eso hizo bien en no ir ni a la funeraria cuando murió. Yo tampoco fui, por eso. Que vaya a que le den por culo después de muerto. Los muertos no se vuelven buenos porque se hayan muerto. Siguen siendo unos hijos de puta, pero muertos. Estar muertos sólo los hace menos dañinos.

—Ustedes se acuerdan del día que se apareció allá en el barrio y Mima nos llamó para que saludáramos a «nuestro abuelo» y nos escondimos y no aparecimos hasta que se fue...

—Y la pobre Mima buscándonos como una loca.

—Claro que me acuerdo...

—Nos metimos detrás del escaparate, ¿cómo no me voy a acordar...?

—Qué horror... Ayer estábamos detrás de ese escaparate y hoy estamos aquí quedándonos calvos y casi todo el mundo está muerto...

—Bueno, eso de calvos ponlo en singular... Tú te estás quedando calvo...

—Verdad... Yo tengo un montón de pelo.

—Todavía, cuando pienso en eso, puedo sentir el olor del escondite detrás del escaparate...

—Si Proust...

—Y la mierda no acabará nunca... para parodiar a Van Gogh.

Los arbustos, las hojas, formaban un seto que los protegía de las miradas de los vecinos. Ahora son moradas las hojas. Relucen, como untadas de aceite.

(Lucas, consultando su reloj.)

—Hora de irse a servir a los borrachos...

(Gabriel mira hacia arriba al incorporarse. Termina la cerveza.)

—Miren eso, las nubes parecen mierda... ¿Se acuerdan...? Cagarrutas, bolitas de chivo.

(Levantan las cabezas.)

—Coño verdad.

A dúo.

¡Cretinos!

En octubre Lucas publicó su primera novela, titulada *El agua-cero*. Que en realidad era la segunda de un grupo de cinco que proyectaba. Consideraba las obras independientes así que no importaba mucho en qué orden fuesen apareciendo. Hubiera preferido que los lectores siguieran de forma cronológica las peripecias de los personajes y, en consecuencia, tuvieran una visión de conjunto más coherente de la época descrita —casi cien años en la vida de una familia cubana—, pero trabajaba en cada novela según la inspiración, o las facilidades de investigación. La primera, por ejemplo, resultaba la más atrasada, dada la compleja tarea de recopilar información de época, extremadamente detallada. Mientras que la última, por abarcar una realidad cercana, cuyas vivencias tenía frescas, estaba casi concluida.

Reunió dinero durante años para poder pagar al editor local por la publicación. Después del rechazo de varias casas editoriales españolas, decidió que no valía la pena perder tiempo y dinero mandando los voluminosos manuscritos a través del océano. Lo que costaba una suma considerable. Tampoco le apetecía participar en uno de los millonarios concursos auspiciados por algunas de dichas casas en la península Ibérica. Había vivido en Madrid el tiempo suficiente para saber que la mayoría de esos certámenes, los más importantes, estaban amañados, y se otorgaban de antemano a escritores comprometidos con las mismas casas que los premiaban: una burda maniobra comercial. No quería hacerse falsas esperanzas.

Ante cada uno de aquellos rechazos, Luz, enfurecida, lo consolaba en las tertulias domingueras exclamando:

—¡Cretinos, no saben lo que se pierden! ¡Imbéciles! Algún día se arrepentirán, pero será tarde. Ustedes no se preocupen —aconsejaba con tono rotundo y alzando las manos como para detener la acometida, en tropel, de las preocupaciones—. ¡A Proust le rechazaron la primera novela, tuvo que pagar para publicarla!

Había leído acerca de las penurias del escritor francés en alguna revista, y blandía la información ante la mirada divertida de los hijos, como un arma.

La tarde del acto de presentación amenazaba uno de esos feroces aguaceros, cargado de rayos y centellas, que a cada rato se abatían sobre la ciudad. Las autoridades emitieron un alerta de tornado. Para hacer el asunto aún más alarmante.

Luz, desde temprano, encendió velas a Santa Bárbara, que controla las tormentas, pero a medida que se acercaba la hora del inicio del acto, como el tiempo no mejoraba y las amenazas de un casi diluvio estaban a punto de materializarse, comenzó a desbarrar contra Santa Bárbara primero, después contra el panteón africano y católico completo; transcurridos unos minutos contra el planeta y sus veleidades atmosféricas, a continuación le tocó el turno a Dios y sus cortes celestiales y ya en el automóvil en que viajaban hacia la sede de Ediciones Galaxia, al Universo entero.

—Se trata de una conspiración contra mis hijos —mascullaba contemplando el cielo ennegrecido a través del cristal de la ventanilla.

Los insultos funcionaron pues la tormenta demoró. Al menos hasta que hubo empezado el acto y todo el que iba a acudir lo hizo. Después se desató furiosa. Humeaban los pavimentos recalentados. Las carrocerías de los automóviles chasqueaban al contacto con el agua fresca. La ciudad se inundaba, porque su sistema de alcantarillados es uno de los peores del mundo, pero Luz, arrellanada en su asiento de primera fila del pequeño salón de actos, con el rostro resplandeciente, contemplaba arrobada a Lucas. Éste estaba instalado detrás de una pequeña mesa, frente al público compuesto por diez personas la mitad de las cuales estaban de alguna forma emparentadas o relacionadas con el escritor. La prensa cultural, poca y mediocre, estaba ausente. La fecha de la presentación del libro coincidía, por desgracia, con la apertura de un restaurante de los famosos cantantes Pestefán en South Beach, y todos los periodistas estaban asignados a aquel evento.

Al escritor lo acompañaba Carlos Veguitas, un literato amigo —rostro de perro de aguas, mustio, espalda encorvada y aspecto canijo—, considerado gracias a sus habilidades para las relaciones públicas, una estrella local. En los últimos tiempos, Veguitas disfrutaba de la admiración del mundillo literario porque había conseguido, mediante una turbia relación con la traductora encargada del proyecto, que uno de sus cuentos fuese incluido en una antología de la literatura cubana publicada en París. Los tres Torres le llamaban cariñosamente La Monja, porque se las daba de asceta. Lo que le servía para disimular todos sus complejos, mezquindades y resentimientos.

También se hallaba a la mesa el dueño de la Librería Júpiter y de Ediciones Galaxia, Marino Gómez, un hombre extremadamente delgado, pellejudo, de huesos gigantescos y prominentes; rasgos mortecinos, rostro caballuno, nariz ganchuda y una campechanía que era una impostura que él mismo había terminado por creerse. Lo apodaban «El Sapo» Gómez. Lo que constituía una paradoja pues en la fisonomía del editor podían hallarse reminiscencias de un chipojo, un gavial, una araña o un marsupial. Pero jamás del batracio aludido.

El Sapo improvisó un breve discurso lleno de lugares comunes, exhortando a los presentes a comprar el libro y de esa forma mantener y apoyar la cultura de los exiliados cubanos. Después Veguitas leyó un par de cuartillas sobre la obra de Lucas, la segunda de las cuales comentaba la novela que los reunía aquella tarde. La primera estaba dedicada a hablar de él mismo, lo que pensaba de la vida, la literatura y otros temas.

A Veguitas, que redactaba en una prosa monocorde y plana, le sudaban las manos. Gabriel y Hernán, sentados en primera fila junto a Luz, temían que no pudiera terminar la lectura pues las palabras —elucubraban— se difumarían al contacto del abundante sudor. Hicieron un par de comentarios burlones al respecto, en voz muy baja, pero Luz los mandó a callar con un gesto.

Lucas leyó un fragmento de su libro. La madre lo contemplaba con los ojos brillantes. *Toda la mierda que se publica por ahí, toda la gente famosa que gana millones escribiendo mierda y mi hijo, ¡un genio!, tiene que pagar por la publicación de su novela.* Rumiaba mentalmente, pero al mismo tiempo estaba feliz. Oronda, al presenciar cómo el pequeño pero selecto público —pensaba— reconocía y admiraba la labor de Lucas.

Cuando concluyó el acto se sirvió vino barato de Cali-

70

fornia, croquetas, pastelitos de carne, jamón, coco y guayaba. Luz paseaba entre los presentes hablando de las excelencias del libro de su hijo, y contando anécdotas acerca de la precocidad de Lucas, que desde muy chiquito, aseguraba, se pasaba la vida leyendo mientras los otros chiquillos del barrio andaban por ahí mataperreando y perdiendo el tiempo.

Se vendieron tres libros.

Cuando salieron, entrada la noche, había escampado. El olor de la lluvia, el mundo mojado traía un aire triste que danzaba en las luces de los autos.

La madre dijo:

—¡Esto hay que celebrarlo!

Y se fueron a comer al restaurante Versailles.

Allí, en algún momento de la velada, que transcurrió entre bromas, burlas a propósito del nivel cultural de la ciudad y críticas venenosas a otros escritores, la madre mencionó por vez primera el asunto. Dijo, sin dirigirse a nadie, hablando consigo misma, y sus palabras se perdieron en la algarabía reinante:

—Ustedes lo que necesitan es un Gran Tema.

Y continuó comiéndose tranquilamente su sándwich cubano.

Carne

Carnicería de Publix. Tarde. Público aglomerado. Gabriel y sus dos ayudantes no daban abasto para atender a los clientes. La espera se hacía larga. Para empeorar las cosas el mediano de los Torres no lograba concentrarse. El tema de la novela en la que trabajaba lo absorbía completamente. Se hallaba en el último capítulo, ¡en el desenlace!

No podía apartar el discurso, que afloraba a su mente como si alguien lo dictara. Pletórico de resonancias e imágenes. Le dedicaba todas sus horas libres a ese discurso. En cuanto dejaba el delantal ensangrentado corría a casa y se encerraba a trabajar. La esposa, que antes lo interrumpía para pedirle que fuera al supermercado, llevara ropa a lavar o atendiera el teléfono, lo dejaba en paz desde que su marido solicitara un formulario de divorcio a un amigo abogado y dijera a la azorada mujer que la próxima vez que lo interrumpiera mientras trabajaba, lo hiciera con los documentos de divorcio listos para estampar su firma en ellos.

Desde entonces Clara, que lo adoraba, a pesar de que pensaba que estaba totalmente desquiciado, procuraba no molestarlo cuando se recluía en lo que llamaba su estudio.

Un espacio poco mayor que un closet donde apenas cabían él y la terminal de computadora.

El libro que lo ocupaba, una novela negra, según la definía, contaba las peripecias de un detective miamense, Nick Santos, obstinado en descubrir a un terrible violador y asesino en serie al que la aterrorizada ciudadanía bautizara como el Violador de la Calle Ocho, ya que en esa popular arteria de la ciudad aparecían descuartizadas todas sus víctimas. El asesino existía realmente, y al tiempo que Gabriel redactaba la novela, las autoridades locales y hasta el FBI trataban de atraparlo. Con poco éxito hasta el momento. La novela, escrita en un tono desolado y austero, pintaba un panorama siniestro y deprimente de la ciudad. Un lugar lleno de traficantes de todo tipo, prostitutas, delincuentes de cuello y corbata, estafadores, banqueros y políticos corruptos, empresarios inescrupulosos, tramposos profesionales, demagogos (estos, sobre todo, líderes anticastristas cubanos), burgueses ignorantes, agentes de Castro, prensa superficial y provinciana, policía brutal y una población azotada por constantes choques entre los diferentes grupos étnicos, que se detestaban profundamente. No ayudaba mucho a este paisaje el hecho de que al final el degenerado asesino resultaba ser el alcalde electo de la ciudad.

Mientras cortaba unos filetes de carne de puerco para una dama cubana, Gabriel resolvía, con el ceño fruncido, la apasionante escena final, en la que su héroe, Nick Santos, un detective inadaptado y protestón, daba caza al asesino y develaba su identidad ante un numeroso público reunido en la alcaldía de Miami. En ese momento, una voz femenina, la de la dama que esperaba por los filetes, lo sacó de sus ensoñaciones.

—¿Podrías cortarlos más finos... por favor...?

—¿Señora? —inquirió Gabriel, que se hallaba en ese momento en un tortuoso y oscuro callejón del puerto miamense, y no la había escuchado.

—Que si puedes cortar la carne más fina...

Largos años de entrenamiento, de control en este tipo de situaciones lo habían dotado de una paciencia infinita. Pero esta vez se dejó llevar por la incomodidad producida por la interrupción, intempestiva e inoportuna.

—Más fina —contestó con un dejo burlón—. Pero distinguida señora, van a ser transparentes...

—¿Perdón? —contestó la mujer al tiempo que reculaba indignada—. ¡No sea grosero!

—¿En qué he sido grosero? ¿Podría ser más específica?

—Específica... ¿qué quiere decir?

—Bueno —replicó el carnicero sonriente—, «específico» quiere decir que es propio de una especie, de una cosa con exclusión de la otra, lo que en el contexto de nuestra charla nos remite a especificar la naturaleza de la grosería de la que, según usted, ha sido víctima. Aunque es muy posible que la subestime y, estimada cliente, en realidad pretenda, con exquisita sutileza, llamar mi atención sobre los excesos de la carne. Simbólicamente plantear: bistec fino igual a menos, menos carne igual a más espíritu. ¿No es eso? Traer a mi mente las palabras de San Juan cuando habla de la concupiscencia de la carne. Porque seguro conoce ¡oh amada consumidora, alma de esta sociedad!, y sigue con devoción, las máximas de Guillermo de Saint-Thierry que enseñaba que la carne debe tratarse con sobriedad pues sus anhelos se oponen a las intenciones del espíritu. Y no escapa a su atención, no me cabe la menor duda, que según Bernardo de Claraval la carne es el primer enemigo del alma; corrompida desde su nacimiento, aparece viciada por sus malos hábitos y oscurece el ojo interior... no en vano Gregorio Nacianceno la compara con una masa de plomo y San Pablo nos advierte que la carne nos arrastra hacia abajo y que debemos luchar constantemente contra los desórdenes que no cesa de producir... Ah, querida clienta —y al decir esto abrió los ojos y alzó el enorme cuchillo para acentuar el énfasis de la frase— usted tiene muy presente ¡y soy su deudor eterno por recordármelo hoy!, que para Hildeberto de Lavardin, santo caballero, la carne es fango pegajoso y sólo lograremos desprendernos de semejante inmundicia mediante la oración, la humildad, la compunción, la nostalgia del Reino de Dios...

En este punto la perorata de Gabriel fue interrumpida por la llegada del manager que —luego de detenerlo con un gesto angustioso— pasó un mal rato tratando de explicar la conducta de su empleado a la atribulada dama. Por suerte, Adalberto, el manager, era un buen amigo de Gabriel, y algunos de los clientes tomaron la alocución del joven carnicero como una broma, si bien bastante extraña, y rieron quitando importancia al incidente. Al final todo terminó con el obsequio de la carne a la clienta (suma a descontar del sueldo de Gabriel) a cambio de la promesa de volver a comprar con ellos, pues la enfurecida dama amenazaba con no volver allí jamás.

Aquel día, en cuanto concluyó su jornada laboral, poseído por el remolino de palabras que bullía en su interior, Gabriel corrió a casa y logró poner punto final a la primera versión de su novela. Casi veinte páginas de un tirón.

Exhaló un suspiro de satisfacción, de alivio, al escribir la última frase en la pantalla. La leyó con fruición: *Santos contempló el cielo de carne, pútrido, gravitar sobre la ciudad.* Después cerró los ojos.

Podía ver la expresión entre regocijada y espantada que pondría su madre cuando escuchara aquello.

Carbones

El teléfono sonó a medianoche. Luz contestó.

A Lucas no lo despertaron los timbrazos, sino los sollozos. Fue hasta el cuarto de su madre. Encendió la lámpara. Luz estaba sentada al borde de la cama, se tapaba el rostro con las manos. Cuando preguntó qué pasaba, la mujer contestó, la voz cubierta de polvo:

—Es Nardo, mi hermanito... se murió.

El hijo se acercó y pasó un brazo sobre sus hombros.

—Vamos... —murmuró—. ¿Cómo fue?

—Nada, estaba de lo más bien, sentado en la sala viendo la televisión y ahí se quedó, un infarto parece... llamó Nereida. Imagínate cómo está la pobre... vino a hablar con él, a preguntarle una cosa de la fiesta de la niña y ya estaba frío como un hielo... tieso...

—Pero tenía problemas del corazón, o algo...

—No, nada, nunca. Yo siempre se lo digo a ustedes, que para morirse lo único que hace falta es estar vivo. Lo sabía, él siempre escribía, cuando dejó de escribir estaba segura que pasaba algo. Llevan semanas tratando de coger llamada para acá, me dijo Nereida, la pobre. Imagínate la niña, que cumple quince en dos meses... pobrecita.

—Mima, pero quién va a pensar en fiestas ahora...

—No, la niña no tiene la culpa y quince se cumplen una sola vez en la vida... Hay que mandarle su traje a la infeliz. Con mayor razón.

Hizo una pausa para secarse el rostro con una servilleta de papel que le tendió el hijo.

—Mi hermanito, tan bueno, era el único que nos traía una cosita el Día de Reyes. Nos ponían un pedazo de carbón debajo de la cama...Y yo y mi hermana que en paz descanse llorando porque los Reyes no nos traían nada aunque nos portábamos bien. Y al otro día se aparecía él, que era el mayor y ya trabajaba a traernos una muñequita, cualquier cosita... —Los sollozos fluían apretados haciendo estremecer los hombros, los grandes pechos.

—¿Un carbón...? Nunca me habías dicho nada de carbones... ¿Para qué, por qué? Espérate que voy a coger con qué anotar eso. Ahora estoy escribiendo precisamente el arribo del barco con la familia a La Habana. La llegada de abuelo, con la primera mujer que se murió de tifus, antes de conocer a abuela y nacieran ustedes... ¿te acuerdas...?

—Cómo no me voy a acordar si fui yo la que te lo conté...

—Sí, bueno, claro... ¿Un pedazo de carbón? ¡Cómo no me dijiste eso!

Y mientras hablaba, se levantó a buscar lápiz y papel.

El Moco Volador

Hernán llegó temprano aquel sábado. Uno de sus dos días libres en la semana. Sostenía arduas batallas en la Avis para mantener los sábados y domingos como sus días de descanso. Todos los empleados querían descansar los fines de semana y como los descansos eran rotativos, se pasaba la vida haciendo malabarismos, intercambios con otros compañeros de esclavitud y así poder estar disponible para las tertulias domingueras. Los jefes lo toleraban, en parte porque trabajaba duro, y además nunca decía no cuando solicitaban que se quedara para hacer overtime. Lo que sucedía con mucha frecuencia. Trabajaba de madrugada, en los turnos que los otros obreros detestaban y procuraban no hacer, lo que le granjeaba la simpatía y la buena voluntad de los superiores.

—Lo que quieran, menos trabajar el domingo... —decía siempre.

Tanto insistía que todos en la Avis estaban convencidos de que su obstinación en este punto obedecía a motivos religiosos.

Venía acompañado de Mónica, la hija de once años. Lo que trajo una amplia sonrisa al rostro de Luz. Alta para su edad, desgarbada y luciendo enormes espejuelos, no más poner un pie dentro de la casa, insistió en representar para la abuela las aventuras del Moco Volador. Su último cuento.

—¿Pero qué es eso del Moco Volador, Moniquita? —preguntó asombrada Luz, mirando al padre de la niña, con expresión angustiada—. Hernancito mijo, ¿tú crees que esos son temas apropiados para una niña que ahorita ya es una señorita? ¿De dónde saca esas cosas?

Hernán por toda respuesta se acostó en el sofá de la sala con expresión resignada.

—¡Qué sé yo de dónde saca eso! Es un cuento que ha escrito... Tampoco voy a coartarle su talento Mima... hay que dejar que se desarrolle. ¡Mónica! ¡Si le formas toda esa payasada a tu abuela te castigo! No te llevo a McDonald's...

—¿A quién le gusta esa bazofia?

—Mima no está para eso; se le ha muerto un hermano en Cuba...

—¿Cuál? —se apresuró a contestar la niña arrugando la nariz e introduciendo el dedo índice casi completo en uno de los orificios nasales, pues ya se preparaba para actuar—. ¿El que le dio un infarto viendo un discurso de Fidel Castro?

—¡Niña!

—Me lo dijo tío Gabriel cuando estuvo el otro día en casa...

—Gabriel no le puede haber dicho eso... —exclamó Luz mirando a Hernán con cólera fingida.

—Claro que no Mima, son cosas que se inventa esta cabrona... es una hija de puta ¿no lo estás mirando?

Mónica, sin prestar atención al diálogo de los adultos había iniciado la representación de El Moco Volador. El padre hizo un gesto de impotencia aunque era obvio que disfrutaba, orgulloso, de la actitud de la hija.

—Está loca como una cabra —murmuró sonriendo,

como si esa condición mental fuera a reportarle algún tipo de ventaja en la vida. Como si equivaliera a un título de la Universidad de Harvard.

La niña, después de prepararse un espacio apartando muebles, para poder maniobrar, saltaba y se dejaba caer al suelo ejecutando una danza simiesca, al tiempo que pataleaba y tiraba de la piel de su rostro en todas direcciones. Alternándolo con las cabriolas y muecas antes mencionadas, se metía los dedos en la nariz. Sin dejar por eso de narrar las andanzas de su héroe.

—Érase una vez un Moco pequeño que no había podido estudiar ni ir a la escuela... —declamaba—. ¡ERA MUYYYY POOOOOBREEEE! Sus compañeros que sí fueron a la escuela porque tenían money, porque eran de familias ricas y no unos muertos de hambre como nosotros, vivían tranquilos porque habían aprendido en la escuela todos los trucos para no dejarse sacar de la nariz. Moco que sale de la nariz es moco muerto, igual que un pez fuera del agua... El Moquito chiquitico y pobre tenía que correr cada vez que El Papá (en este punto señaló al padre riendo con gesto diabólico) se metía los dedos en la nariz y trataba de sacarse los mocos...

—¡Mónica, te dije bien claro que me sacaras de ese cuento!

—¡AHHHHHH, PERO UUUUN DÍA! el alarido que pegó en este punto fue de tal magnitud que Luz se llevó las manos a los oídos— el Moquito no saltó a tiempo, estaba cojito, ¿sabes? —ahora saltaba alzando mucho las rodillas, cojeando histriónicamente y dando sonoras patadas en el suelo— y El Papá lo agarró y lo sacó para afuera... y La Mamá cuando lo vio le gritó «¡COCHINO!», y éste —señaló al Padre— le hizo así a la mano para esconderlo... disimulando... ¿sabes?, y el Moquito salió volando y le salieron unas alitas, Dios se las dio, y El Papá cuando lo vio dijo: «¡COÑÓÓÓÓ! ¡COJAN ESE MOCO PARA VENDERLO!».

—¡Mónica, eso no es una gracia! ¡Lo has cambiado!

—... pero el Moquito que ya era el Moco Volador porque le salieron unos músculos graaaaandes y estaba de lo más fueeeerte como Superman salió volando y se fue al País de los Mocos, donde ningún Papá lo pudiera nunca agarrar. Y colorín colorado este cuento se ha acabado...

—¡Dios mío! ¡Qué cosa tan linda! —exclamó Luz tratando de contener la risa, que le brotaba como pelotas y rebotaba por toda la casa. Abrazaba a la nieta tiernamente—. ¡Esta niña va a ser también escritora...!

—Sí, sí, dale alas, ríele las gracias... por eso está como está...

Hizo una pausa esperando que la madre concluyera de abrazar y besar a la nieta.

—Mima, deja a esa anormal y dime: ¿qué tú crees de lo que leí el domingo...? ¿Es genial o qué?

—Genial...

—Pero la cosa de que al final el tipo saque todos los muertos con la vara de pescar del lago... ¿te parece bien? Y que se aparezca el Diablo montado en un burro igualito al presidente Bush y eso...

—Genial.

Sin abandonar del todo a la nieta, la mujer fijó la vista en el retrato del hermano recién fallecido, que ahora formaba parte del altar. Una vela blanca ardía frente a la fotografía. En ella Nardo sonreía. Después dijo:

—Todo eso está muy bien, pero les falta algo... un Gran Tema... que llame la atención sobre ustedes, que los haga por fin famosos.

Meses más tarde, cuando se reunían a recordar lo sucedido, estuvieron de acuerdo en que aquélla fue la segunda vez que habló del asunto.

Asquerosidades

—Clara, soy Elsa…

—Ey, y qué… ¿ya dejaste al monstruo en la escuela?

—Ya… no sabes cómo está esa niña, insoportable…

—Me imagino.

… *pero Rodolfo ¿no comprendes que no puedo tener tu hijo? No me martirices, ¡voy a enloquecer! ¡Un bastardo jamás! ¡Tu padre nos matará!*

—¿Estás viendo *Vidas tronchadas*? Si quieres te llamo más tarde…

—No, puedo verla mientras hablo…

… *No llores mi amor, mi alma; no puedo resistirlo… tus lágrimas son joyas que no merece este mundo sucio… pero tienes que entender que es mi heredero… carne de mi carne… sangre de mi sangre… ya sabes que la arpía de mi mujer es estéril… ¡huiremos!*

—¿Y el Loco, ya está para la carnicería?

—Sí, entró temprano hoy.

—Qué suerte tienes que Miguel ya esté grande… ¡Y lo bueno que les ha salido! Trabaja, estudia… nunca ha dado problemas, en este país eso es casi un milagro.

—Miguel es un santo… ni habla el pobre. No protesta

por nada. Lleva la procesión por dentro. El otro día recibió carta de la madre, de Cuba, y no quiso leerla. Dice que su madre es Luz. Y yo estoy de acuerdo: ¡madre es la que cría! Parir pare cualquiera... cualquiera abre las piernas y se deja preñar.

—Y a ti qué te pasa, estás depre o algo... te noto agresiva.

—Bueno, no quiero hablar de eso.

... tu padre no lo permitirá jamás... ¡Nos matará! ¡Es rico, poderoso! ¡El destino de nuestro hijo es no nacer!

—Chica dile a esa mujer que aborte de una vez y que nos deje hablar en paz...

¡No!, no digas eso Magnolia del Carmen, antes me mataré yo también... moriremos los dos... yo y mi hijo...

—Qué te pasa, ¿tuviste bronca con el Carnicero?

—Si te coge diciéndole el Carnicero te mata. Se hace el humilde pero tiene un ego del carajo. No, él no pelea por nada, tú le gritas y él como quien oye llover. Es por lo del niño... nuestro... no quiere de ninguna manera. Ya hablamos el otro día de eso. Creo que lo voy a dejar Elsa. Yo lo quiero mucho, pero también quiero una familia. Ya él tiene a Miguel; que yo lo quiero y todo pero no es mío. Yo no tengo nada. Ayer me dijo que no le hablara más del tema, que él no iba a traer más muerte a este mundo, que ya se lo impusieron una vez y no lo permitirá de nuevo... que la gente que dice «traer una vida a este mundo» está equivocada. Que lo que están trayendo es más muerte. Que ya tiene bastante con los complejos de culpa por Miguel, que no va a condenar a otro ser humano a la mierda de este mundo... a tener que ir a trabajar todos los días, a la televisión... a los McDonald's... a los periódicos... al programa de Don Francisco, a las canciones de la Pestefán...

—Es una familia de locos...

...¡Rodolfo...!

—... que puedo salir y buscar alguien que me preñe... que él no tiene ningún problema con eso.

—¡No puedo creer que te dijera eso!

—Así mismo como lo oyes...

—Es un degenerado, perdóname que te lo diga. Aunque, pensándolo bien, tal vez tenga razón en no querer hijos. Mírame a mí con esta niña loca que salió a ellos. Si hubiera salido a mi familia todo sería diferente. Ayer llamó la maestra porque Mónica le dijo que el mundo estaba lleno de oligofrénicos, que la misma maestra era oligofrénica. Y que además la Virgen no podía haber parido a Jesucristo sin contacto sexual, que se tenía que haber acostado con alguien...

—La culpa es tuya por ponerla en una escuela católica... de ahí salen subnormales seguro. Creo que lo voy a dejar...

—A quién...

—A quién va a ser. A Gabriel.

—Por lo del hijo. ¡No seas boba! Sal y búscate a alguien que esté bien bueno y... ¿no es eso lo que te dijo que hicieras el muy degenerado?

—No puedo. Además, es que no es eso solamente...

—¿Hay más?

—Bueno, ya tú sabes lo de las alergias...

No, ¿qué alergias?

—Ahora tiene alergia de todo lo cubano: los frijoles negros, la carne de puerco, la bandera, los boleros, el himno nacional... le dan diarreas si come frijoles, se intoxica con el puerco, se llena de salpullido cuando oye el himno, y vomita la gandinga si ve la bandera... ¡Y qué decirte de los boleros!, dice que le provocan incontinencia... que se mea; y es verdad, se ha meado en la cama un par de veces porque he puesto, sin darme cuenta, a Beny Moré... ¿No es para volverse loca? ¿Por qué me tenía que tocar esto a mí? Con todos los hombres normales que deben haber por ahí...

¿Y si envenenara a mi padre...? Ésa podría ser la solución a todos nuestros problemas... ¡Su vida por la de mi hijo!

—No creas, no hay tantos. Pero la verdad es que tu marido está de electroshock mi amiga... ¿Estás hablando en serio?

—Fíjate si es serio que ayer me llamó el doctor Ramírez, el viejito médico cubano tan bueno al que siempre vamos, ¿te acuerdas?, que una vez te lo recomendé cuando lo de la varicela de la niña... El que me curó el grano aquel que me salió en la nalga...

—Pero claro que me acuerdo... ¿Para qué te llamó?

—¡Para decirme que lleve a Gabriel al siquiatra!

—¡No!

—¡Sí! Gabriel se le apareció en la consulta hace unos días y le contó todo lo de las alergias... ¡Imagínate! Ramírez piensa que necesita ayuda siquiátrica pero Gabriel lo insultó cuando él se lo dijo; me llamó a mí para que lo convenza...

—Está como una cabra... yo siempre he pensado que está loco esa es la verdad; pero una locura normal para su familia, la misma que la de mi marido o el otro hermano. Pero esto es ya de ingreso... ¡de ingreso!

—... y eso no es todo...

—¿Hay más?

—Sí, hay más... Ahora le ha dado por otra cosa, sexualmente, tú me entiendes... asquerosidades...

¡Rodolfo! ¡Cuánto te amo!

—¿Asquerosidades?

—El otro día cuando terminamos de hacer el amor me dijo que teníamos que ampliar nuestros horizontes eróticos...

—¿Y qué quería decir con eso?

—Bueno, que... tú sabes, debíamos ampliar las posibilidades...

—¿Las posibilidades?

—Sí, por ejemplo, me habló de conseguir... Oye Elsa, tú no vayas a comentar esto con nadie, me muero de vergüenza si alguien se entera. Te lo digo porque estoy desesperada.

—Soy una tumba. Nunca olvido que cuando lo de la gonorrea de Hernán tú no le dijiste nada a nadie. Ése es otro que bien baila... ¿Conseguir qué?

—Otra mujer...

—¡Otra mujer! No será para lo que yo me estoy imaginando...

—Para eso mismo... ¡Qué asquerosidad!

¡Envenénalo!

—No lo puedo creer. ¡Es un degenerado! Pero ¿qué es lo que quiere? ¿Que tú lo hagas con ella y él mirar o algo así...?

—No, que lo hagamos los tres juntos...

—¡Cristo de Limpia!

—No, yo me negué, pero ¡imagínate!

—¡Qué calvario el nuestro mi amiga! Una se sacrifica por un hombre, los mejores años de nuestras vidas y al final terminan queriéndonos poner a hacer tortilla...

¡Mi amor!

No sé qué hacer. Y él dice esas cosas como si fuera lo más natural del mundo...

—No digo yo; el muy desvergonzado... ¡Está loco para lo que le conviene! ¿Cómo la locura no le da por meterse a maricón? ¡No! Le da por templarse dos mujeres al mismo tiempo... ¿Y tú quieres tener un hijo de ese hombre? ¡No en balde Miguel luce tan traumatizado! Estás loca. ¿Y si es una niña y abusa de ella cuando sea una señorita? De esos enfermos se puede esperar cualquier cosa. ¡Y yo que me quejo porque

Hernán anda con alguna pelandruja por ahí! ¡El mío es un santo comparado con tu marido!

¡Mi vida…!

—Ay Dios mío… Claro que no me obliga a nada, es si yo quiero hacerlo…

—¡No, lo último sería que te obligara también a sus aberraciones! ¿Tú sabes lo que yo haría? Le diría que muy bien, pero que lo que tú quieres es otro hombre. ¡A ver qué dice! ¡A ver si le gusta que otro te la esté metiendo delante de él, a ver…!

—Ya se lo dije.

—Ah sí, y qué te contestó…

—Que estaba bien… Que tendría que hacer un esfuerzo, que no había superado totalmente «la barrera fálica», pero que haría un esfuerzo si eso era lo que yo quería… Está loco…

—¡No!

—Como te lo cuento…

—¡Chica pues yo tú me buscaba un negro con una buena manguera y se lo metía en la cama para que aprenda!

—¡Elsa!

—Chica, perdona, es que me saca de quicio lo que me cuentas… ¡Qué pervertido!

—¿Y tú crees que lo de las alergias sea grave?

—¡Pero qué alergias ni un carajo! Es un inmoral y un descarado…

¡Rodolfo!, ¿qué haces con esta mujerzuela?

¡Papá!

—¡Uyyyy, ahora sí que se formó! Te dejo Elsa, hablamos más tarde que acaba de llegar el padre de Rodolfo…

—¿Quién?

Pargo al cianuro

Lucas, acomodado detrás de la caja contadora, observaba el salón. Aquellos cabrones no pensaban irse y ya eran casi las doce de la noche. Mientras estuvieran allí no podría cerrar la caja, hacer balance, y largarse. Llegaría muerto de cansancio. Tal vez no tendría ánimo para ponerse a trabajar. Y en caso de poder hacerlo, no rendiría lo mismo. Estaba ansioso por terminar con la llegada del *San Bernardo* a puerto. Por la pasarela descendería Avelino su abuelo, junto a otros doscientos nuevos emigrantes —cifra que coincidía con la histórica, según se ocupara de comprobar— en busca de fortuna. En busca de nuevas oportunidades en la Perla de las Antillas. El mar exhibía un azul profundo y limpio por aquel entonces. La brisa atravesaba el puerto como un pájaro; los paseantes, luciendo sus mejores galas andaban sin prisas en dirección a la catedral, a las tabernas del puerto, llamados por la música que flotaba en el ambiente y que parecía salir de todas partes.

—Cianuro debían haberles puesto en el pargo a la sal —farfulló Lucas echando un vistazo al libro que mantenía abierto al alcance de la mano, en una de las divisiones del mostrador—. Borrachos... —añadió.

Estaba contento porque al fin su novela estaba publicada. No pasaría nada con ella, pero ahí quedaba, que era lo importante. Publicarla significaba liberarla, desprenderse de ella. Dejarla ser. Ya no podría desaparecer por accidente: un fuego, una inundación, un terremoto o lo que fuese. No conseguía deshacerse de estos temores, que procedían de otros más concretos, experimentados en el pasado, cuando se veía obligado a esconder los manuscritos suyos, de sus hermanos, y de otros amigos para que no cayeran en manos de la policía política. El caso es que la inquietud respecto a la supervivencia de sus manuscritos no desaparecía hasta que conseguía darlos a la imprenta. Claro que (a no ser que se ganara la Lotería, cosa improbable pues no jugaba) demoraría muchísimo en reunir el dinero necesario para publicar otro libro. Pronto tendría cincuenta años y cuando contemplaba la novela, extrayéndola con sumo cuidado —como si fuese de un material extremadamente frágil— del fondo de la cartera, una sensación de paz lo invadía. Es cierto que tenía que terminar la Pentalogía antes de morirse, pero la primera parte estaba casi finalizada, la segunda publicada, la tercera totalmente esbozada y la mayor parte del trabajo de investigación hecho, la cuarta muy avanzada y la quinta concluida (sus mil quinientas páginas, que tendría que reducir a mil doscientas pues sentía que algunas cosas sobraban, ocupando casi toda una gaveta del armario), necesitada sólo de revisión. Si vivía cinco años más podría completar su trabajo, pensaba, optimista, sintiéndose lleno de vigor para acometer la tarea.

Guardaba en el portafolios que siempre llevaba al restaurante —costumbre de sus años de maestro en la isla— un ejemplar de *El aguacero*, junto a otros materiales de lectura, como gustaba calificarlos. La presencia del libro le procuraba tranquilidad, sosiego.

Era hábil con las matemáticas, la asignatura que enseñara siempre, y remataba en un dos por tres sus obligaciones con las cuentas de El Manchego. El tiempo que estaba sin hacer nada lo dedicaba a leer, sentado detrás del mostrador.

A cada rato metía la mano en el portafolios y sacaba su libro. Lo contemplaba satisfecho. El aspecto era impresionante. Un diseño espectacular obra de un buen amigo pintor, que no le había cobrado nada por hacerlo, y que convertía el libro en algo raro, en cuanto a su aspecto, dado que las publicaciones de Ediciones Galaxia no se distinguían precisamente por su buena apariencia.

Volvió a mirar, con furia, en dirección a la mesa ocupada por varios comensales, al fondo del amplio y elegante local. De donde llegaban incesantes risotadas. El Manchego era un restaurante especializado en comida española, bastante caro, por lo que estaba de moda entre los burócratas y los nuevos ricos cubanos. Y, por supuesto, entre los españoles residentes en Miami.

—¡Borrachos asquerosos! —volvió a murmurar.

Sin dejar de arrojarles miradas que hubieran hecho palidecer de envidia a Charles Manson, alzó el teléfono y marcó el número de su madre.

—Y qué, soy yo...

—Todavía estás ahí mijo... qué horror... vas a llegar tarde y no podrás trabajar en tu novela.

—Sí, aquí estoy todavía por culpa de unos borrachos. Bueno, algo haré, no te preocupes.

—Es increíble que tengan un lugar así abierto por dos o tres viciosos.

—Avaricia, así se llama el dueño de este antro.

—Asquerosos... ¿No tienen casa a la que irse, mujeres, familia?

—Con esas caras no creo que tengan dónde ir... y si tienen hijos deben haber nacido con una botella de whisky en cada mano. No hay nada más repugnante en la vida que un borracho...

—Dímelo a mí que a tu padre que en gloria esté le dio una vez por meterse en el bar de la esquina, cuando vivíamos en el barrio, por una pelandruja culona que trabajaba allí, y llegaba borracho todas las noches... Tus tíos todos eran alcohólicos, pero eso sí no de peleas, les daba por dormir... y tu tía la que se pegó candela para qué contarte...

—Sí, conozco la historia. ¿Pero es verdad que tía Eladia se prendió candela con una botella de ron o eso me lo has dicho para darle sabor a mi novela?

—No mijo, tu madre es incapaz de eso. Una botella de ron Bacardí que yo la vi con estos ojos que se van a comer la tierra. Yo estaba recién casada con tu padre pero me acuerdo como si fuese el día de hoy...

—Oye, ¿tú sabes cómo le han puesto a este lugar?

—No, ¿cómo?

—El Club de los Terroristas...

—Y eso por qué...

—Porque todos los viejos que vienen tienen puesta la bombita...

—¡Ajájájájájájá...! ¿La bombita para que se les pare el rabo? ¡Ajájájájájá!

—Sí, jíjíjíjí... Te dejo que parece que se van los puercos...

Colgó. Pucho el camarero se aproximó con la cuenta en la mano.

—Por fin se van esos hijos de puta —dijo al llegar. Bostezó.

—Ni me hables de esos borrachos infernales...

Lucas hizo sus números en un santiamén y devolvió la

cuenta a Pucho. Éste, antes de regresar a la mesa a cobrar echó una ojeada al comprobante que acababa de recibir. Ya había comenzado a andar. Se detuvo.

—Despierta Lucas, estás dormido viejo, no pueden ser doscientos dólares...

—¿Doscientos dólares he puesto? Déjame ver... Por supuesto que está mal, es ciento veinticinco más taxes. Doscientos son los emigrantes del *San Bernardo*...

—¿Quiénes...?

—Olvídalo...

La mosca

Hernán tenía engavetada una novela desde hacía algún tiempo, y cada vez que la contemplaba, arrinconada en la gaveta, se le amargaba el día. Quería publicarla. Poco después de la presentación de *El aguacero* decidió intentarlo, aunque la idea de pagar por la publicación le producía náuseas. El contrato que Lucas firmara con Galaxia le parecía un verdadero robo, pero a pesar de esto, cuando tuvo el dinero suficiente, hizo una cita con el editor, con la esperanza de lograr, quizás, una coedición —su amigo Carlos Veguitas había conseguido una para su obra más reciente, *La babosa y otros cuentos*, aunque nunca le quiso explicar cómo— y así tener que pagar solamente la mitad de los costos. Si eso resultaba imposible, confiaba al menos en conseguir un contrato menos leonino que el que aceptara su hermano. Durante días, repasó en la mente, mientras cumplía con sus horas de esclavitud en la Avis, diversas estrategias que usaría para lograr que el editor aceptara su propuesta de coedición.

La sede de Ediciones Galaxia se hallaba en el segundo piso de la Librería Júpiter, también propiedad de Marino Gómez. Hacia allá condujo Hernán su Toyota desvencijado. Un modelo de diez años atrás que, según afirmaba con cierto orgullo, «nunca lo dejaba botado». Rehusaba cambiarlo, a pesar de las presiones de su esposa que añoraba un automóvil al menos presentable, que no la avergonzara ante sus amigas de la factoría donde trabajaba. Cuando abordaba el tema, encontraba la imperturbable respuesta del marido: «Un automóvil es un tareco que sirve para transportarlo a uno de un sitio a otro. No una carta de presentación. El Toyota nos lleva y nos trae, así que no hay motivos para cambiarlo... en caso que tuviéramos dinero para hacerlo. Así que ¿para qué darles una alegría más a esos ladrones de los bancos que nos financiarían el nuevo?».

La popular Librería Júpiter estaba situada en la emblemática Flagler St. Aunque los cubanos no eran grandes compradores de libros —preferían gastarse el dinero en horrendas porcelanas de Lladró— el negocio había convertido a su dueño en un hombre acaudalado. El Sapo, hábil negociante, viajaba por el mundo comprando libros a precio de saldo que luego vendía carísimos en Miami, aunque de todos era conocido que su fortuna provenía de Ediciones Galaxia. Fortuna considerable, que le permitía conducir un flamante Mercedes Benz del año, vivir en una confortable mansión en un barrio exclusivo y vacacionar todos los años, acompañado de la familia, en el sur de Francia. Gómez era un hombre muy religioso, así que también viajaba a Europa una vez al año para un retiro organizado por la orden de los carmelitas descalzos en un convento cerca de Toledo. Después de esto volvía al edificio de la Flagler St. con el alma en paz y la conciencia tranquila.

Los éxitos del propietario de la Librería Júpiter no se limitaban al ámbito económico. Considerado un mecenas de la cultura local, un luchador por la conservación de las tradiciones culturales de su país de origen, las autoridades de la ciudad le habían entregado en una ocasión la Llave de Miami, y las del Condado Miami–Dade determinaron bautizar un trozo de avenida, en plena Pequeña Habana, con su nombre. «Avenida Marino Gómez», podía leerse en una placa suspendida junto al semáforo del cruce de la calle Siete del southwest y la 17 Ave.

Hernán fue conducido a la oficina del editor, al que halló arrellanado detrás de un enorme buró repleto de papeles y manuscritos. La oficina era amplia y las paredes estaban cubiertas de cuadros: paisajes cubanos, rurales y urbanos. Había tantas palmas pintadas que al entrar, el visitante tenía la impresión de sentir una brisa y un guitarreo. Cosa imposible, pues los ventanales, a través de los cuales podía contemplarse la Flagler St. achicharrada por un sol implacable y atestada de automóviles, se hallaban herméticamente cerrados. El aire acondicionado estaba muy bajo, y el más pequeño de los Torres pensó: ¡Coño, esto es una nevera!

Una mosca trazaba círculos sobre el cristal de la ventana, atontada por el frío.

Cuando estuvo sentado en la butaca, frente a la escuálida figura de Marino Gómez, trató de recordar las palabras que ensayara una y otra vez, entre el rugido del poderoso vacuum cleaner con el que erradicaba el polvo del interior de los autos. Pero, a pesar de que estuvo casi un minuto en silencio, esforzándose por recordarlas, no lo consiguió. Entonces fue al grano, y expuso al editor, sin rodeos, cuál era el propósito de su visita. Tenía una novela —cuyo manuscrito sostenía, apretado, entre las manos. Lo alzó un poco para mostrarlo, como si fuera posible no percatarse de su presencia—, y quería explorar las posibilidades de publicarla. Claro, si podían llegar a un trato en el precio y en un punto del contrato, con el que no estaba de acuerdo.

La mosca, ahora instalada en el borde de la pecera que descansaba en una mesita atestada de retratos familiares, zigzagueaba negra, verde, oleosa. La pecera contenía un pez plástico, que se movía constantemente, gracias a un invisible artilugio eléctrico.

El editor lo escuchó en silencio —con la expresión de quien acaba de regresar de una funeraria, después de pasar la noche velando el cadáver de su mejor amigo— y, cuando el joven concluyó su vacilante exposición, preguntó con expresión sombría:

—¿Cuántas páginas tiene esa novela?

Voz cavernosa, rotunda, untada de una hermosa melancolía. Inadecuada para aquel cuerpo esmirriado. Voz de locutor.

—Ciento noventa y cinco...

—Digamos doscientas.

—Doscientas.

—Eso estaría alrededor de los tres mil quinientos dólares... un poco más tal vez, el papel ha encarecido una atrocidad.

El silencio hizo su aparición: un hipopótamo saliendo de golpe de un río carmelita. Y se instaló en la superficie. Prolongándose. Los ojos de Hernán se negaban a mirar a Marino, obstinados en seguir a la mosca. Se obligó a llevar otra vez la vista al semblante del librero. Habló como pidiendo disculpas por algo.

—¿Y no habría forma de llegar a un acuerdo para... hacer una coedición... algo que redujera un poco el precio? Tengo que hacer miles de horas de overtime para reunir una cantidad así. Y eso es tiempo que necesito precisamente para escribir.

—Imposible, no sabes cómo están de malas las cosas. Todo

sube y sube, y la gente no compra libros. A veces hago alguna coedición, pero siempre pierdo dinero con ellas. Cosas que uno hace por la cultura, por principios, pero... ya sabes, esto es un negocio. ¡Qué más quisiera yo!

Las palabras del hombre destilaban autocompasión. Las cejas se curvaron hacia abajo, la boca, compungida, tembló. Hernán casi sintió lástima, pero recordó las palabras de su hermano Gabriel y tuvo que inclinar la cabeza para ocultar una sonrisa: «Ese hombre es un genio, te corta la yugular y logra que el último segundo de tu vida lo dediques a pedirle excusas por mancharle de sangre la alfombra».

El agua también era falsa. La mosca, que había caído dentro de la pecera, caminaba sobre la superficie de agua falsa. Agrandada por el aumento del cristal, relumbraba como una esmeralda. Carrerillas retozonas. Jadeos de cepillo metálico. El negro aceitoso del cuerpo, en contrapunto casi musical con el rojo chillón y artificial del pez. Las alas de celofán de la misma textura del cielo, afuera.

—Ya... ¿Y qué es eso en el contrato sobre los derechos de publicación de la obra en Cuba?

—Muy simple, standard para todos los contratos, para todos los escritores: Ediciones Galaxia se reserva el derecho exclusivo a publicar la obra en Cuba, claro que cuando nuestra Patria sea libre, no antes. Yo nunca haría algo así. Pero cuando llegue ese momento, me parece justo que, si ahora apostamos por un libro, tengamos una ventaja sobre las otras editoriales que caerán allí como pirañas, ya sabes...

—¿Apostamos? A ver si lo entiendo. Yo pago por publicar esta edición de mi libro y además te regalo a ti los derechos exclusivos para publicar esa obra en Cuba. Bueno, no, no te los regalo, te pago para que te quedes con ellos... ¿Dónde está la apuesta?

—Bueno...

La mosca, escapada de la pecera, había ido a posarse sobre la tapa del manuscrito que sostenía Hernán contra las rodillas. Éste la contempló detenidamente. Aplicada a la limpieza de sus patas traseras, emitía un zumbido parecido al del aparato de aire acondicionado. Una mosca grande, de caparazón pulido, verde profundo, acharolado. Una de esas moscas que aparecían ineluctablemente en su vida, encima de las plastas de mierda de los perros callejeros primero, y más tarde en las letrinas rellenas de gusanos blancos de los cagaderos del ejército.

—Pues creo que voy a quedarme con mi manuscrito, lo imprimí en un papel fino y quizás pueda usarlo para limpiarme el culo.

—No tienes que molestarte, Hernán.

—No, si no estoy molesto, lo que estoy es asqueado.

Cuando abandonaba el edificio, decidió escribir un cuento cuyo protagonista sería la mosca verde. Entró al Toyota que parecía una sauna, conectó el aire acondicionado y, pensando en el cuento, que ya comenzaba a tomar forma en su cabeza, sonrió.

Extra colesterol, sin Dios, musculoso

Los tres hermanos eran bastante diferentes. Lucas había heredado su configuración física de la madre. La estructura recia del cuerpo, la tendencia a la obesidad que, después de los cuarenta y cinco empezó a cultivar como un galardón. Tenía un apetito enorme y acostumbraba pedir en los restaurantes, a los que acudía con bastante frecuencia, «extra colesterol». Por ir a la contraria, en parte, a la histeria social a propósito de los peligros del colesterol, y por pura gula en buena medida. Las campañas sobre el tema se sucedían en los medios de difusión de forma cansona, auspiciados por alimentos sin sabor y gimnasios promocionados por modelos de cuerpos imposibles. «Para lograr un cuerpo así hay que renunciar a tener cerebro —decía Lucas al ver los anuncios en televisión—. ¡No estoy dispuesto a eso! Es cosa de americanos... para ellos es natural no tener cerebro.»

Y continuaba atracándose y engordando con la conciencia tranquila.

A medida que envejecía, se convertía en el doble de Luz: caminaban igual, se movían igual, gesticulaban idénticamente al hablar, y compartían un sentido trascendente del papel de la familia y de la importancia de la herencia, la sangre, la estirpe. Para Lucas, un Torres era algo que se conectaba en un ayer remoto, con antepasados con los que tenía algún tipo de misterioso compromiso. Un enlace que significaba continuidad. Y el carácter único e irrepetible de cada ser humano, de cada miembro de la familia, la prolongación de esta exclusividad en el tiempo constituía una prueba de la existencia de un sentido para sus vidas, y de la existencia de Dios.

Escribía para salvar a los seres que amaba.

Gabriel físicamente se parecía al padre. A los cuarenta el pelo empezaba a escasear al frente augurando entradas profundas, como las de su progenitor. Se pelaba al cero, lo que contribuía a darle un aspecto enloquecido. Podría haber encarnado en una película, sin dificultad alguna, a un asesino en serie. Delgado, irascible, también había heredado del padre un sentido del humor negro y descarnado. Una capacidad para la burla hiriente que a veces resultaba grosera. Tenía fama de desagradable y cínico. Deseaba que al morir no hubiese nada. Le martirizaba la idea de que la muerte significara el comienzo de algo, cualquier cosa que fuese. Considerar esa posibilidad lo exasperaba. Estaba convencido de que si Dios existía, era un ser despreciable, sin el menor atisbo de piedad, que se refocilaba con el sufrimiento de los seres a los que había creado.

En el fondo cobarde, atravesaba con frecuencia etapas de terror y angustias causadas por sus exuberancias radicales contra la idea de un Creador y contra el Creador mismo. Temía su desquite.

Escribía para vengarse.

Hernán no se parecía al padre ni a la madre. Sino al abuelo, que era alto, de ojos claros, cuerpo bien formado y musculoso. Escribía compulsivamente desde que apenas tenía catorce años y perseguía a los hermanos y a cualquiera que estuviese a su alcance para leerle sus últimas creaciones. Lucas y Gabriel pensaban, aunque no lo expresaban con frecuencia, que Hernán era el más talentoso, el que mayores posibilidades tenía de crear una obra de arte: sus fuentes resultaban las más misteriosas, las menos enraizadas en la cultura. Al contrario que sus hermanos, Hernán gustaba de los deportes, acudía a un gimnasio, conocía de primera mano todas las discotecas de música latina de Miami y si no fuera porque su mujer se hacía con frecuencia de la vista gorda con sus aventuras eróticas, el matrimonio hubiese durado, tal y como acostumbraba a decir Luz: «Lo que un merengue en la puerta de un colegio».

Respecto a Dios, creía que el Universo provenía de una masturbación del Dios Rama, y podía estar horas demostrando que la razón estaba de su parte. Solía insistir, si tenía la oportunidad, en buscar un mapa del mundo para constatar, según él de forma irrefutable, que los continentes tenían forma de espermatozoides. Por esto, los hermanos procuraban a toda costa eludir el tema de la Creación en su presencia. Los muertos le infundían pavor, pero sin embargo se pasaba la vida contando divertido sus «visiones». Nunca, que nadie recordara, Hernán tuvo claros los límites entre la realidad y la fantasía, pero a medida que envejecía su capacidad para confundir ambos campos iba en aumento a una velocidad considerable. Las «visiones», de las que hablaba como si fuesen algo común y corriente, podían referirse a una conversación sostenida con algunos glóbulos rojos, a raíz de una herida autoinfligida al afeitarse; a una cucaracha de la Seguridad del Estado Cubano que se infiltraba todas las noches en la gaveta en la que guardaba los manuscritos con el fin de redactar un minucioso informe y a la que había declarado una guerra a muerte, o a aquella infausta ocasión en que a los cacharros de la cocina les dio por salir a recibirlo cuando llegaba del trabajo, con el consecuente peligro para su vida: piénsese en los cuchillos... Un elefante pequeño que dormía a los pies de su cama era la más reciente de las «visiones». De lo cual, por supuesto, había escrito un cuento.

Escribía por simple necesidad.

¡Ya verán!

Cuando salió una pequeña crítica sobre *El aguacero*, ninguno de los hermanos la tomó en serio. Pensaban que llamar crítico literario al individuo que ejercía como tal en el suplemento en español del diario norteamericano local constituía una ofensa a la profesión. De hecho, se reunieron una tarde para desternillarse de risa leyéndola. No era positiva, por supuesto. Resultaba evidente que el pobre hombre no había leído la novela. La «crítica», no cabía duda, provenía de la lectura de la contratapa del libro y, si acaso, una ojeada superficial y apresurada a su interior. Además el crítico, un hombrecillo gordo y lleno de complejos odiaba a los Torres, pues Gabriel, que era famoso por ese tipo de cosas, lo había tildado de analfabeto en público, después de compararlo con Lolita, «la Ballena Asesina», del Seaquarium miamense. Todo en una galería de arte en la que coincidieron.

El provincianismo de la ciudad se manifestaba de forma virulenta en lo relacionado con lo que allí se entendía por cultura. Que resultaba una mezcla de crónica social y filosofía de revista del corazón. Todo, por supuesto, muy políticamente correcto.

Así que los hermanos se dedicaron a burlarse de aquellos escasos tres párrafos aparecidos en el periódico. Hernán llegó a enviar fotocopias manipuladas —eliminaba el nombre del autor y lo sustituía por «El Burro Melancólico», que era como conocían al individuo en los círculos intelectuales de la ciudad— a otros escritores.

Quien lo tomó muy en serio, por el contrario, fue Luz. Enfurecida, caminaba de un lado a otro de la cocina agitando el ejemplar de la publicación donde había aparecido el comentario sobre la novela de su hijo. «¡Qué estúpido!», repetía mirando a Lucas que trataba de quitarle importancia al asunto. Y se obstinó en escribir una carta contestándole a aquel «mequetrefe», como lo llamaba, y no hubo forma de disuadirla.

Durante días, Lucas, y Gabriel y Hernán, que alertados por el primero se sumaron al esfuerzo, intentaron quitarle la idea de la cabeza. Pero fue imposible. Y cuando se negaron a ayudarla a redactar la misiva, les contestó que entonces sería peor, porque llegaría al periódico llena de faltas de ortografía. Ante semejante argumento, Lucas aceptó colaborar, con la esperanza, que luego resultó vana, de controlar lo que su madre redactara.

Después de muchas peleas, llegaron a un acuerdo sobre el siguiente texto:

> Señor:
> En vista de que usted no se ha molestado en leer la novela de mi hijo, que comenta en su columna de *El Nuevo Heraldo*, me permito hacerle algunas observaciones. Lo primero es recomendarle que antes de comentar algún libro tenga la bondad de leerlo, se supone que para eso le pagan. Segundo, mis hijos llevan muchos años dedicados a escribir; desde pequeños, sacrificándose por llenar de prestigio la literatura cubana. Y lo conseguirán a pesar de individuos como usted,

que algún día, avergonzados, tendrán que reconocer quiénes son mis hijos. Agente como usted, una madre orgullosa les dice: «¡Ya verán quiénes son mis hijos! ¡Ya verán!». Es una pena que haya dedicado su espacio en el periódico a criticar e intentar, sin éxito, desacreditar una novela excelente.

Sin más, respetuosamente,

la madre de los hermanos Torres

Hernán y Gabriel, aterrorizados ante la posibilidad de que Luz enviara semejante carta a la redacción del periódico, urdieron un plan para impedirlo. Consistía en que Lucas se brindara, cortésmente, a echarla al correo junto a otra correspondencia. Ya en su poder, la arrojaría en el primer basurero que encontrara. Y todos volverían a respirar aliviados. Pero la madre no cedió en este punto, como si supiera lo que tramaban, e insistió en ponerla personalmente en correos. Vigiló el sobre como si fuesen los Manuscritos del Mar Muerto dejados a su cuidado. Durmió con él bajo la almohada. Y a la mañana siguiente caminó diez cuadras bajo el sol abrasador para llevarlo personalmente a la oficina de correos más cercana.

Los tres hermanos estaban desolados. Aunque concordaban, aliviados, en que la carta enviada resultaba un modelo de continencia comparada con la original que calificaba *El aguacero* de «verdadera obra maestra sólo comparable a las mejores novelas producidas por la especie humana», y definía al crítico como un «mercenario al servicio de los peores intereses».

Confiaban firmemente en que ningún periódico serio publicaría semejante carta. Pero *El Nuevo Heraldo* no era un periódico serio, así que, pocos días después, en la sección «Correo», estaba la carta de su madre. ¡Y no le habían quitado ni una coma!

Se trataba sin duda alguna de una venganza de aquel crítico canalla.

Tertulia

—*Santos contempló el cielo de carne, pútrido, gravitar sobre la ciudad.*

—¿Así acaba...?

—Sí, ¿por qué...? ¿No te gusta?

—No, no es que no me guste. El final en general está bien. El último capítulo, que el alcalde sea el violador asesino, eso está buenísimo... bien resuelto. Claro que los violadores y asesinos van a sentirse ofendidos de que se les compare con el alcalde de Miami, pero...

—Perdonen que me meta, ya ustedes saben que su madre es una analfabeta. ¿Pero así es como quieren ustedes triunfar, hacerse escritores famosos? ¡Insultando a todo el mundo!

—Eso es lo de menos Mima... A la gente le encanta que los insulten, sobre todo a los americanos.

—Pues a mí me parece que eso del cielo pútrido suena algo picúo, rebuscado... En general me gusta, el ritmo entrecortado, muy austero... Si hay cinco adjetivos en todo el libro es mucho... y mucho diálogo...

—¿Tú crees? ¿Pero qué es lo que ves picúo, la palabra «pútrido» o la frase en general, la imagen?

—No sé, me sonó picúo cuando lo escuché. Tendré que releerlo con calma. Y todavía tienes que trabajarlo, ¿no?

—Yo discrepo con Hernán, no es picúo, nos suena raro porque es raro respecto al ritmo al que estamos acostumbrados... Y está en toda la novela, o al menos en los capítulos que has leído; he estado pensando en eso porque me llamó la atención desde hace dos o tres domingos cuando comenzaste; creo que se aparta de la forma tradicional... no sé si me explico. Hay una forma canónica a la que se apuntan la mayoría de los escritores cubanos... Yo trato de apartarme de ella. No es fácil de explicar. Lo que pretendo decir es que suena como un texto escrito por alguien que no es cubano.

—Ustedes traten de apartarse de ese canon, porque yo nunca me he enterado ni de que existe.

—Eso es interesante... Hernán, déjame contestarle a Lucas. Me gusta que sea así. Nunca he sabido qué coño es un cubano... Toda esa verborrea a lo Carpentier me deprime... Y hay una manera, como tú dices, un tonito de escritor ¿comprendes? Una mierda correcta y bien escrita, muy adjetivada, un realismo mágico pasado por agua... que no es mágico ni un carajo, el uso de los adjetivos, la estructura de los párrafos siempre apuntando en la misma dirección. Todo previsible. Literario. Allí lo que te mata es el desamparo, la escualidez, la inconstancia. ¿Qué tiene que ver el realismo mágico con nosotros? Y sin embargo se obstinan en ese barroquismo de mierda, en esa melosidad artificiosa. Todo escrito por tipos que se creen importantes. Que piensan que hasta la mierda que cagan es algo trascendente. Y el culteranismo lezamiano que apesta. Todo por supuesto muy catolicón; los cubanos ahora son más católicos que el Papa. Me produce sarpullido todo eso. También es importante para mí que la novela se desarrolle aquí en Miami: ¿hasta cuándo vamos a estar con la mierda esa de la nostalgia, hablando de una realidad que ya no sabemos cómo es? Una realidad puteada por todos, una realidad que los escritores cubanos han convertido en una jinetera al servicio de los extranjeros. Si te suena raro me alegro. Yo no quiero ser un escritor cubano, ni americano, ni chino, quiero ser solamente un escritor.

—Ah, en eso estoy de acuerdo, toda esa mierda nostálgica está acabando con la literatura cubana. Les ha entrado una mariconería barata con esa ciudad horrorosa...

—Eso. A los escritores les ha entrado una chochez, una comemierdería con las palmas, con La Habana, una ciudad que cada día es más una cloaca de la que lo único que se puede hacer es salir huyendo... una comemierdería con el azul del cielo... que si los atardeceres, que si la Cinemateca, que si el malecón, que si el barrio, que si el mar, que si la mierda huele bien allí...

—¡Jí jí jí jí...! Sí, la verdad es que están de pinga... ¡Algunos dicen que el sol de Cuba no quema!

—¡Virgen Santísima qué malhablados se han puesto estos niños!

—Sí, no quema porque seguro que eran pinchos, tenían cuentas en dólares y aire acondicionado... Es como si uno se escapara del infierno y luego se pusiera a extrañar las calderas de aceite hirviendo y los diablos con los tridentes... conmigo no se empatan más...

—Pues a mí que me entierren en Cubita Bella. Yo para allá.

—Mima no nos hagas caso... Tú sabes que cuando nos reunimos nos da por hablar mierda...

—Lucas, mueve un poco ese ventilador para acá, que hace un calor del carajo.

—Mijo no fumes tanto que eso hace daño.

—Eso es lo único que te faltaba, contagiarte con los humofóbicos americanos.

—Mijo pero si es por tu bien...

—Hablando de los americanos, ¿leíste lo que salió en el periódico el otro día? Ahora dicen que los Kennedy tuvieron que ver con la muerte de Marilyn Monroe, que la mandaron a matar...

—Eso viene rodando hace mucho tiempo...

—A mí lo de Bahía de Cochinos no me importa tanto, los cubanos se merecen que los embarquen y los traten como criados, pero si es verdad eso de la muerte de Marilyn entonces está muy bien que los mataran a los dos...

—Coño éste está embalado hoy...

—Los cubanos somos la última escoria de la humanidad...

—Pues yo no me cambio por una francesa ni por una alemana ni por una americana ni por nadie... ¡yo cubana!

—Mima...

—Bueno Gabriel no exageremos... Los cubanos somos más o menos igual que todo el mundo...

—No viejo no, peores... no olvides que a Martí lo mató un cubano. Después que Maceo y Gómez lo humillaron todo lo que pudieron. Somos una raza abyecta condenada a lo peor por nuestra ruindad: sumisos, cobardes y envidiosos. Si fuéramos diferentes ese hijo de perra no estuviera en el poder. Pero nadie quiere arriesgar el pellejo. Cultura y mierda es lo mismo; así es para nosotros. Y de nuestros intelectuales mejor no hablar: una recua de putas con perdón de las putas que son decentísimas comparadas con esos lameculos...

—No todos; están Reinaldo Arenas, Lezama, Lydia Cabrera...

—Bueno dos o tres y para de contar... Lo cierto es que cuando el Comandante amenazó con darles un bofetón se pusieron en cuatro en lo que pestañea un mosquito. No hizo falta que les diera el bofetón, bastó con la amenaza. Entonces salimos despetroncados para Miami a olerle el culo a los americanos y a tratar de convertirnos en americanos. Esa mierda es lo que somos, en resumen. Si hacen mañana un plebiscito libre allá gana la anexión a Estados Unidos, de calle...

—Amén, eso es la Biblia...

—Bueno, volvamos a la literatura que a fin de cuentas es lo que quedará. Es verdad que se ha puesto de moda una literatura para turistas, mucha santería, folclorismo, sexo, ah, y reconciliación... y respeto... pedidos por los ex esbirros y ex colaboradores... que es muy conveniente. Pero como toda moda eso pasará y lo que vale será reconocido tarde o temprano... Tu novela se aparta de eso...

—Así mismo mijito... algún día...

—Yo no estoy tan seguro... ojalá...

—Lucas, yo sé que el caso tuyo es distinto, pues estás reconstruyendo toda una época en la Pentalogía, y bueno, es un tema que no puedes dejar, pero yo estoy harto de todo eso... Por mí, que la isla se hunda pa' la pinga en el mar... El mundo, que ya es en sí una gran plasta de mierda, tendría un poco menos de mierda... A mí sí que no me pueden chantajear con no dejarme volver ni de visita; que se metan la isla por el culo...

—Mima, ¿por qué no haces un poco de café? Ahora que terminamos de leer... Sí, pero la última novela de la Pentalogía transcurre aquí en el exilio.

—Yo igual, que se la metan...

—Bueno, lo fundamental, ¿creen que es publicable? No es que nadie la vaya a querer publicar ni un carajo, lo que quiero decir es que si no es algo de lo que después me avergonzaría, tú entiendes... Claro, es una primera versión, necesita trabajo.

—Yo creo que sí. Quitándole un poco... jé jé jé... todo lo que le has copiado a Raymond Chandler.

—¡Qué hijoeputa es el Hernán este! Jé jé jé... No, es verdad que tiene un tufito a Hammett, y a John Franklin Bardin, lejano... pero creo que es un texto publicable... Muy bueno. Ahí hay algo... Hernán no te dice nada de Bardin porque no sabe quién es...

—¿Tú crees que valga la pena? Porque al fusilador del Amadís de Gaula y de H. G. Wells este yo no le hago mucho caso...

—Hey, cuidado, que yo sólo fusilo el *Tirant lo Blanc*... ¿Y quién coño es el Bardin ese?

—No, hablando en serio, creo que hay que tratar de publicar eso... ¿Vas a hablar con el Sapo Marino?

—Ya fui a verlo, pero no hay manera de llegar a un acuerdo con ese delincuente... No le voy a pagar por cojerse mis derechos para publicar en Cuba...

—Vamos, tómense el café.

—Gracias Mima.

—Coño qué rico está.

—Empingáo...

—Ustedes saben que ahora se me ocurrió una novela sobre unos escritores extraterrestres que llegan a Miami y cuando ven el ambiente cultural, y general, se horrorizan y vuelan a Cuba. Y cuando llegan allá aterrizan en la Plaza de la Revolución y está el Hijoeputa en Jefe metiendo un discurso de catorce horas con el Papa, siete horas cada uno, los dos hijos de puta...

—¡Cristo de Limpia perdónalo que no sabe lo que dice! ¡Decir eso del Santo Padre!

—No le hagas caso Mima, ya sabes que está loco...

—Comparar a un santo con ese hijo de perra...

—...loco como una cabra.

—... y los extraterrestres caen muertos ante aquella avalancha de imbecilidades de los dos hijos de puta y Fidel se apodera de la nave y llega a un acuerdo con Bush de entregarle la nave (que a ellos les interesa por la tecnología y eso) a cambio de un sistema de clonación que están perfeccionando los americanos en una base secreta en el desierto de Nevada...

—¿Por qué Nevada?

—No sé, suena bien ¿no? Y entonces la trama salta cien años hacia delante y está todavía Fidel, El Caballo Clonado en Jefe gobernando... Y los dirigentes del exilio, también clonados, en lo mismo, recogiendo dinero para derrotarlo desde las piscinas de sus casas en Coral Gables... Es un thriller... porque hay un detective cubano de Miami que descubre que un grupo de millonarios exiliados son topos de la Seguridad del Estado Cubano porque les conviene que Patilla siga en el poder por sus negocios de mandar paquetes y dinero y eso...

—¡Coño pero ahora tú también vas a escribir novelas policíacas! ¡Me estás copiando a lo descarado!

—¡Oye a éste! Policíaca no, no es policíaca, es fantástica. ¡Pero qué más fantástica quieres que sea que hay hasta una nave espacial y extraterrestres...!

—No me digas. ¿Y el detective? ¡Y de Miami! ¡Es una copia desvergonzada de lo que acabo de leer! ¡Te lo acabas de inventar!

—¿Pero qué habla éste? ¡Pero si tengo una libreta llena de notas! Oye, contrólate muchacho que hay mucho calor y te va a dar un ataque cardíaco, o una trombosis... jé jé jé...

—Bueno, bueno, no es para fajarse. Tampoco, Gabriel, tienes una exclusiva para escribir cosas policíacas...

—Coño, pero con tantas cosas que escribir...

—Bueno, no discutan, cada uno escribe lo suyo... Y ni siquiera ha comenzado esa novela o lo que sea, a lo mejor nunca la escribe, tú sabes cómo es Hernán que todos los días tiene un argumento nuevo. ¿Verdad mijo?

—Yo puedo regalarles argumentos a estos dos cualquier día... ¡cualquier día!

—Coño Mima pero es que siempre está fusilando...

—¡Yo fusilando! Pero mira quién habla, el maestro, el rey de los copiadores... ¿Tengo que recordarte los poemones aquellos copiando al viejo chocho de Eliseo Diego? ¿O era al bembón de Nicolás Guillén? Nono, espérate... ¡era al subnormal de Retamar! ¡Copiar a un policía, eso es lo último! Jé jé jé jé...

—¡Eso fue en Cuba y tenía diecisiete años! ¡A Retamar! ¡Nunca! ¡Cara de Chivo nunca ha escrito nada que se pueda leer, no digo ya copiar!

—Ya, dejen eso... ¿Qué van a hacer hoy? Yo voy a trabajar un poco...

—Yo también, esta semana he hecho mucho overtime y tengo el trabajo atrasado.

—Pues yo me voy al cine... Todo no puede ser trabajo y trabajo. Piensen en el tiempo que van a estar muertos.

—¡Llegó Sócrates! Ya tengo ganas de cagar...

—¡Hernancito!

—Coñó, se botó el filósofo pa'l solar...

—Me voy al carajo. Hasta el domingo que viene. Un beso Mima.

— Cógelo suave...

Abrir y cerrar

Poco tiempo después de la muerte de Nardo —concluía septiembre— Luz empezó a indagar por los precios de los terrenos en el cementerio. Un día, cuando Lucas regresó del supermercado donde había ido a hacer algunas compras antes de irse a El Manchego, se encontró con una vendedora del Memorial Plan sentada en la sala. La mujer, enfrascada en su presentación, desplegaba una serie de papeles y folletos sobre la mesa mientras Luz la escuchaba atentamente. Su madre con toda seguridad había anotado el teléfono de uno de los incesantes anuncios que aparecían en la televisión. Y había llamado pidiendo que enviaran una vendedora. Las compañías dedicadas a vender espacios en los cementerios de Miami llevaban a cabo campañas muy agresivas. Fundamentalmente, dirigidas a los ancianos cubanos; siempre los protagonistas de los anuncios eran cubanos y trataban de explotar la circunstancia del exilio, el patriotismo, los supuestos valores de la familia cubana, la lejanía de la patria.

Los folletos prometían cuantiosos ahorros, hasta de dos mil dólares, a los felices propietarios de un hueco donde meterlos al final de sus vidas. Lucas fue a la cocina a guardar las compras y luego regresó para echar un vistazo a las ofertas de la mujer, que continuaba con su cotorreo, imperturbable. No dejaría que Luz firmara ningún documento, ya habían conversado al respecto. Muchos vendedores inescrupulosos mentían a los ancianos en el gueto cubano, logrando que firmaran contratos engañosos que los ataban durante años al pago de una mensualidad. Lo que significaba para muchos un gran sacrificio. Vivían de pequeños retiros o ayudas del gobierno; subsistían contando los centavos.

Lucas leyó las letras microscópicas al pie del anuncio del folleto. Aquí es donde siempre te joden, pensó. El ahorro ofrecido estaba atado a una compra de más de cinco mil dólares, en un contrato por cuarenta y ocho meses al 11,9 por ciento. Además de una entrada de doscientos cincuenta dólares y a eso había que añadir mil trescientos noventa dólares más con la compra de dos «Abrir y Cerrar» —ignoraba qué era aquello de «Abrir y Cerrar» pero se lo imaginaba— junto a la cripta del mausoleo del cementerio.

El negocio de enterrar a los seres humanos había desarrollado una jerga publicitaria similar a la de los McDonald's. Claro que en el fondo no tenía por qué ser diferente, meditaba Lucas mientras leía, unos vendían huecos y cajones de cemento, y otros papas fritas congeladas y piltrafas; para un negociante aquello no significaba diferencia alguna. Y quizás tenían razón.

La voz de la vendedora lo sacó de sus elucubraciones. Ahora le ofrecía a Luz un servicio recién inaugurado por su empresa —que estaba dedicada en cuerpo y alma a servir y contentar a sus clientes con la energía y compasión de un verdadero líder, acotaba—, mediante el cual ya era posible hacer arreglos para el traslado de los restos mortales a Cuba (los propios o los de algún ser querido), una vez derrotado el tirano —aclaraba la mujer con gran énfasis, endureciendo el rostro momentáneamente para que quedase más allá de toda duda su posición política y la del Memorial Plan— para que descansaran eternamente; bueno, hasta el día del Juicio Final, pues un vistazo al altar le indicaba que la señora Luz era una devota católica; Juicio Final en el que estaba segura saldría muy bien librada pues con aquel rostro bondadoso de madre abnegada —y al decir esto echó una mirada cómplice al hijo— no podía menos que ser una excelente persona, libre de pecados.

Aquello era más de lo que Lucas podía soportar.

—Señora, le agradezco la información, pero pierde el tiempo —la interrumpió antes de que pudiera lanzarse a describir las bondades de algún otro producto o servicio—: mi madre ha decidido cremarse cuando muera de aquí a veinte o treinta años... ¿No se lo ha dicho?

—No... ¿Está segura señora Luz, de que quiere eso? —La miró como si ya estuviera cocinándose en una caldera del infierno—. Los católicos...

—Pues...

—... no pueden hacer eso.

—Claro que lo está, pero eso no es asunto suyo. Recoja sus papeles y márchese, por favor. La verdad es que ustedes con tal de vender uno de esos agujeros son capaces de cualquier cosa.

—Bueno, no tiene que ofender. Estaba tratando de ayudarla, después tendrá que pagar más por lo mismo.

—Magnífico, no se preocupe, nos encanta gastar.

Cuando la vendedora se hubo marchado, Lucas preguntó a la madre por qué había llamado por teléfono al Memorial. ¿Qué apuro tenía en comprar un terreno en el cementerio?

—Mijo, hay que estar preparados —contestó Luz—. No se puede vivir al garete. Se va pagando poco a poco y es mejor que luego tener que pagar todo de golpe. Tengo unos ahorritos para eso. ¡Aquí no es como en Cuba! Si no pagas te tiran en un basurero o en casa del carajo. En Cuba teníamos nuestro panteón que tu abuela que en paz descanse compró para la familia. Y dice Bertica que lo del traslado a Cuba es bastante seguro...

—¿Quién es Bertica?

—Esa muchacha que acabas de echar tan groseramente.

—¡Esa delincuente! ¡Ya la tratas como si la conocieras de toda la vida! Mima, eso es un cuento para engañar a los pobres viejos cubanos. ¿Tú crees que el bandolero de Fidel va a dejar que le lleven muertos para allá? ¡Él lo que quiere es mandar a los vivos para afuera! Ésa lo que quiere es ponerte a pagar una mensualidad.

—Ese hijoeputa hace cualquier cosa por dólares Lucas, tú lo sabes. Yo sí creo que si le pagan empieza a recibir cubanos muertos. Y fíjate lo que te voy a decir... ya te he dicho mil veces que no quiero que me quemen. Yo, enterrada como Dios manda. ¡Que me entierren de pie si no alcanza el dinero para enterrarme acostada! Pero enterrada.

—Nadie va a cremarte. Lo dije para que esa bruja se fuera. ¡Tú no firmes nada cuando no esté yo aquí para ver lo que estás firmando! Te estafan y después que firmes no hay nada que hacer. Y deja de hablar de entierros que tú estás como un tronco; nos vas a enterrar a todos nosotros.

—Todas las viejas del barrio están pagando su espacio en el cementerio...

—Bueno, te prometo que me voy a ocupar de eso. Pero déjame averiguar cuál es la mejor forma. De todas maneras, es un robo. Pero al menos escojamos al ladrón que nos convenga.

Sólo después de prometer que se ocuparía de conseguir la mejor oferta para comprar el espacio en un cementerio, Lucas consiguió que su madre dejara de hablar del asunto.

Lecturas ¿filosóficas?

Habían leído —bien que mal— a Empédocles, a Platón, a Demóstenes, a Marco Aurelio, a Plutarco, a Bataille, a Hesiodo, a Virgilio, a Kant, a Schopenhauer, a Li Po, a Jung, a Nietzsche, a Spinoza, a Copérnico, a Descartes, a Montaigne, a Confucio, a Martí, a Dante, a Leibniz, a Russell, a Erasmo, a Heidegger, a Milton, a Epicuro, a Marx, a Campanella, a Maquiavelo, a Ortega, a Locke, a Steiner, a Unamuno, a Kierkegaard, a Derrida, a Lao-Tse, a Séneca, a Bloom, a Voltaire, a Foucault, a Camus, a Diderot, a Paglia, a Swedenborg, a Blake, a Leibniz, a Paz, a Epicteto, a Pascal; habían leído la Biblia, el Corán, el Ramayana, el Libro Tibetano de los Muertos, el Popol-Vuh y los Manuscritos del Mar Muerto. Entre otros.

Pero cuando hablaban de filosofía, mencionaban siempre (como momento cúspide de la historia de esa disciplina) las palabras de Luz, enunciadas cuando Lucas tenía diecisiete años, en ocasión de la partida de éste al Servicio Militar Obligatorio: «Hijo —había dicho mirando a Lucas, pero dirigiéndose a los tres, reunidos alrededor de la mesa del comedor— en la vida se puede ser cualquier cosa menos un mierda.

Serán tres años duros, pero todo pasa; compórtese como una persona decente. No importa que todo el mundo a su alrededor actúe como un mierda. No hay nada malo en ser diferente. Usted limítese a no ser un mierda».

Siempre los trataba de usted cuando creía que les estaba diciendo algo importante.

Al contemplar el mar

De tiempo en tiempo Gabriel sentía la proximidad de un gran cambio. No era algo que ocurriese con frecuencia. La última vez que aconteciera — años atrás— se hallaba sentado en el muro del malecón habanero, adonde había ido a parar con una muchacha después de buscar por toda la ciudad, infructuosamente, un lugar donde hacer el amor. No estaban solos, ni mucho menos. Numerosas parejas, con el mismo problema o huyendo del calor, se abrazaban a lo largo del muro sumido en la oscuridad, gracias a la benevolencia de un apagón. El verano llegaba: un miasma pegajoso caía desde el cielo sobre la ciudad empobrecida.

Estaba concentrado en disfrutar el olor, el sabor de la muchacha, en meterse todo lo posible en aquel cuerpo joven, y sin embargo, de súbito, sintió la necesidad irrefrenable de hacer un alto y contemplar el mar. Una gran fuerza —que se le antojó inabarcable, cósmica, indefinida e ineludible— le hizo apartar la cabeza de los pechos duros, sudados, y mirar la mancha negra que golpeaba la ristra de arrecifes ensalivando el aire con regueros blancos. Entonces lo supo: pronto, muy pronto, un profundo cambio removería su vida. Y cuando aquello ocurriera nada volvería a ser como hasta entonces, como era en aquel momento: el mar traía un vacío inmenso, una separación, una angustia, un dolor, un peligro nuevo y hermoso. La isla se moría y renacía bajo sus pies.

Un mes más tarde saltó, sin prisas, la cerca de la Embajada del Perú.

Y ahora la sensación había regresado. Idéntica. Inconfundible. Esta vez, mientras conducía en dirección a la casa de su madre. Aminoró la marcha, perturbado. Invadido por una mezcla de alegría feroz y terror. Miró en derredor, estupefacto, pues de pronto no estaba seguro de que permanecía en Miami. Estacionó a trompicones al borde de la calle, en la grava llena de pedruscos, latas aplastadas, colillas y otras excrecencias inidentificables. Un conductor enfurecido pasó a su lado insultándolo. Otro aplastó el claxon, rabioso. Un gorrión cruzó ante el parabrisas y se fundió en la claridad. La mañana, tersa. Su luz, cremosa, de esas que proyectan la falsa impresión de que las cosas tienen sentido, difuminaba el paisaje, evaporándolo.

Alegría feroz, salvaje, terror rasposo, expectante, supurando: desde la carne única del mar, el muro, los arrecifes, la silueta entintada de la ciudad y el esplendor de la muchacha: estaba allí.

Aquel acontecimiento trajo como consecuencia la separación de la familia, el comienzo de su desmembramiento irreparable. ¿Qué traería este que se avecinaba? Su hijo tenía tres años cuando partió, junto a un montón de desarrapados como él, a bordo de una frágil embarcación. Volvió a verlo poco después que cumpliera diez. Su matrimonio se deshizo, el padre murió anhelando volver a verlos. Maldiciendo, en la vieja casona del barrio. Sentado durante horas en el sillón del portal, con esa pátina inexpresiva carcomiéndole el rostro. Las abuelas murieron, lejanas, entre extraños, deseando verlos, preguntando por ellos a las enfermeras —«¿Han visto a Lucecita, a los niños? ¿Por qué no han venido?»—, que no sabían de qué estaban hablando aquellas viejas agonizantes. Transcurrieron diez años antes que la familia pudiera reunirse en Miami. Remanentes de un naufragio. Provenientes de España, México, California.

¿Qué le esperaba ahora? ¿Qué conmoción transformadora se acercaba?

Un conocido sentimiento de culpa se apoderó de Gabriel. Porque lo cierto era que en ambas ocasiones —entonces en la infernal Habana y ahora en la infernal Miami— había anhelado desesperadamente que sucediera cualquier cosa que deshiciera la monstruosa inercia, el tedio, la abulia, el carácter desesperado de lo habitual; cualquier cosa que lo sacara del marasmo de intrascendencia, superficialidad y sinsentido que carcomía su vida.

Algo. Había pedido alzando los ojos al cielo. Aunque se tratara de un cataclismo. Algo. Al precio que fuera, pero Algo.

En ambas ocasiones lo había deseado.

Colonia para bebés

La madrugada estaba allí, bamboleándose, cuando abrió los ojos. Distinguió la figura, de pie, en el hueco de la puerta; inmóvil. Envuelta en una vaharada de frescura, como si estuviera sumergida en colonia para bebés. Cuerpo de bebé entalcado. No tenía miedo. Siempre se lo decía a sus hijos: «Hijos, a los que hay que tenerle miedo es a los vivos, no a los muertos». No se movió. Miraba a su hermano, en el borde de la oscuridad mitigada, mirándola a su vez. Tiene buen aspecto, pensó; rejuvenecido, respecto a la última vez que lo vio en Cuba: la tez bronceada, los ojos brillantes, el bigote fino, cuidadosamente cortado. Una expresión pícara en el rostro. Se lo dijo:

—Te ves bien mi hermano... repuestico.

Se sentó en la cama.

Nardo no respondió, pero sonrió y ladeó la cabeza. Un gesto característico, que Luz recordaba muy bien. Vestía una camisa de guinga azul, almidonada y planchada, camisetilla de un blanco inmaculado, bajo la camisa. Pantalón crema, natilla, de hilo, con bajos; zapatos negros recién lustrados. Labios carnosos color caramelo. Mejillas suntuosas. La manilla de oro, como siempre, le caía sobre el dorso de la mano. Algunas canas brillaban a la altura de las sienes, en el cabello peinado con esmero hacia atrás. En el cinto de cuero una hebilla dorada.

La frescura circulaba alrededor del cuerpo, impregnando la madrugada, que penetraba a través de la ventana. Como un barco recién lavado la mirada del muerto. Las velas desplegadas. De la calle llegó el ladrido de un perro, una confusa profusión de ruidos mínimos, el apagado fragor de un automóvil en la calzada. Luz sintió una tranquilidad, una felicidad grande al comprobar lo bien que estaba su hermano. Saludable, limpiecito, contento. Volvió a acostarse. Aspirando aquel perfume a colonia, sin quitarle los ojos de encima. Se durmió.

Olas de noche la atravesaban.

Cuando a la mañana siguiente Lucas despertó vio a su madre feliz. Resplandeciente. Ésta, enseguida, le contó lo sucedido. Lucas quiso conocer todos los detalles de la aparición, o visita, como la llamaba su madre. Cómo estaba vestido, si había dicho algo, si lo veía nítido, carnoso, o si Luz podía ver a través de su cuerpo. Si todavía usaba aquel bigotico de chulo.

—¡Qué aliviada estoy de que mi hermano esté bien! —repetía Luz con una sonrisa.

La reacción de Hernán fue diferente. Escuchó a su madre con atención y luego se limitó a comentar:

—Si me pasa a mí me cago ahí mismo.

Luz contaba la aparición a los vecinos con tal naturalidad que muchos pensaban que el hermano había venido de Cuba, a visitarla. Gabriel por su parte, hizo una pregunta a la que nadie supo responder:

—¿Y a qué creen ustedes que vino?

Avis

La larga hilera de vehículos centelleaba al sol brutal. El cielo abría la boca y dejaba escapar un aliento espeso, relumbrante. El aire hervía. Hernán trabajaba sin prisas, pasando el vacuum cleaner por la pizarra, debajo de los asientos. Dentro del maletero. Vaciando los ceniceros. Frotando con trapo y limpiador el timón. El interior del parabrisas. La superficie de los asientos.

Cámaras fotográficas, latas de Miller, Budweiser, Coca-Cola, Seven Up; Chiclets Adams, paquetes de condones, pequeñas cantidades de cocaína, mariguana, bestsellers, infant seats, bolígrafos —cientos de bolígrafos— dinero, gorras, revólveres: cosas que encontraba en los carros.

Había trabajado muy deprisa durante las primeras horas de la mañana, y ahora, después de almuerzo, no se veía en la obligación de esforzarse para alcanzar la meta diaria de vehículos limpios. La sobrepasaría sin dificultad, sin apurarse. Después de la limpieza, los conducía hacia la isla de combustible, donde rellenaban los tanques para volverlos a dejar en los inmensos estacionamientos, listos para ser rentados nuevamente.

Las instalaciones de Avis estaban muy cerca del Aeropuerto Internacional de Miami. El estruendo de los aviones era constante; sus sombras acuosas deslizándose sobre el asfalto, las naves refrigeradas donde estaban encerrados los burócratas, sobre los techos multicolores, incandescentes. A gritos, asomando la cabeza por detrás de un enorme Cadillac, Hernán conversaba con Jean Claude, su compañero de trabajo, que laboraba a unos pasos, en la línea de automóviles contigua:

—¡Jancló! ¡Jancló! Así que tú no crees en los ovnis...

El joven haitiano dejó de maniobrar un instante con el vacuum cleaner para contestarle.

—Claro que no, todos están conducidos por blancos. Nadie ha visto a un negro en uno. Ni siquiera secuestran a los negros.

—Coño, tienes razón, no había pensado en eso. ¿Pero por fin eres negro o haitiano?

—Soy haitiano. No supe que era negro hasta que llegué aquí.

—Cógelo suave, yo tampoco sabía que era hispanic. Eres muy joven, todavía tienes mucha mierda que vivir por delante.

Hablaban a gritos, haciéndose oír sobre el estruendo de los motores, los vacuum cleaners, la algarabía de las conversaciones de los demás obreros y el rugido de los aviones.

—Jancló, ¿quién tiene el aparato más largo ustedes o los negros americanos?

Jean Claude sonrió poniendo al descubierto una espléndida dentadura. Tenía veinte años, los ojos grandes, de expresión blanda. Hermosos. Dulces. Hablaba español correctamente, con marcado acento cubano.

—Oye Cubano, cómo es que ustedes siempre terminan hablando de sexo...

—Es el único tema verdaderamente universal.

—No es verdad... está la Muerte.

—Pero de ella no quiere hablar nadie. Así que nos queda el sexo...Y bien, ¿la tienen más grande que los brothers o no? Mira que tengo una cubanita curiosa...

—No jodas, ¿en serio?

—Coño, más que en serio. Pero quiere estar segura de que va a ser una cosa especial. Eso sí, tiene que pararse completa, nada de saraza y de ahí no pasa...

—¿Qué es saraza?

—A media capacidad, tú sabes... Ella la quiere dura. Jancló, ésta es tu oportunidad de comer filete cubano. ¡Y cómo está la niña! Como para empezar a comérsela un lunes por el dedo gordo del pie y para el otro lunes estar todavía en el ombligo... Una semana entera con la careta de pelos puesta... ¡para empezar!

—¿Tú estás hablando en serio? No lo puedo creer... A las cubanitas sólo les gustan los yankis.

—Coño Jancló ahora sí que te jodiste... te jodiste completo... ¿De dónde sacas eso? Las cubanas no singan con americanos, la tienen muy chiquita, no maman, son un desastre. No se te ocurra decirle eso a una cubana...

—Bueno Hermano no te pongas así, es lo que he oído por ahí. En la escuela.

—Claro, a otros haitianos que no se empatan con el filete y están roñosos. Yo soy el que sé de eso Jancló. Ésa es mi gente. Tú hazme caso a mí. ¿Cómo va la escuela? ¿El inglés?

—Bien. ¡Tengo sobresaliente! Todo es en inglés... aprendo rápido.

—No dejes la escuela esa por nada... Y a fin de año me traes el reporte con las buenas notas y ya sabes cuál es mi regalo...

—¿La cubanita?

—Filete cubano. Una niña que se la para hasta a Miguel Barnet. Tú sabes que yo no como piltrafa.

—¿Quién es ése?

—Un mamalón comunista... no te preocupes.

—¡Hasta fin de año tengo que esperar!

—¡Coño!, pero qué quieres... ¡Estamos en noviembre! Falta poco, hazte pajas o ve resolviendo con tu haitiana. ¡El caviar es para celebrar las buenas notas!

—Trato hecho...

—*Is a deal?*

—*Yeah, deal.*

Continuaron maniobrando con los vacuum cleaners. La pausa, llena de ruido, se extendió por unos minutos. Después Hernán volvió a gritar por sobre el espesor del ambiente, el calor y el trajinar sudado de los obreros.

—¡Jancló! ¡Jancló! Oye. No me vayas a hacer quedar mal. No te vayas a aparecer allí con una cosita. ¿No serás cañón corto, no?

—¿Cañón corto?

—Sí, tú sabes, cortico... el aparato...

—No Hermano, eso sí que no, no ofendas...

—Está bien, está bien...

Otra pausa. Esta vez breve.

—Jancló... oye, lo de los ovnis está más que comprobado; te voy a prestar un libro sobre eso que vas a ver lo que es bueno...

Olor a chirimoyas

Dos semanas antes de fin de año Lucas hizo unas fotografías a la madre. Ahí están. En ellas aparece la cabeza y parte del torso. De pie junto a la ventana del dormitorio. Poca luz, ya sea por la incompetencia del fotógrafo o el momento del día. ¿Día gris, de lluvia? Benefició el resultado. Es una foto a color, pero parece producto de una película en blanco y negro. La mujer no mira el lente, sino a un punto a la derecha del ángulo correspondiente al sitio donde está la cámara. Observa algo o a alguien que estuviera junto al que sostiene la cámara. Eso parece. ¿Vería al hermano? Estaba la aparición como antecedente. Porque no es una mirada absorta, perdida en un recuerdo, sino enfocada, puesta sobre algo concreto, reconocible. Pero en el punto que mira todo lo que hay es nada.

La mitad del rostro está iluminado por un resplandor plateado, que en sus partes álgidas es azogue, mientras que la otra mitad aparece carcomida por las tinieblas. En el lado donde golpea la luz, un área junto a la nariz muestra los poros abiertos, una arruga profunda en forma de grieta, manchas, un lunar carnoso y opaco: paisaje lunar. De la boca parten ríos de arrugas, redecillas, arroyuelos. Van hacia las mejillas, profundizan al borde de las aletas de la nariz. Tierra lánguida. Viste una bata de casa de tela muy fina (¿desgastada por el uso?), con un rectángulo tejido a mano al frente. Canutillo. La piel del cuello es lisa y blanca y en ella destacan algunos lunares pequeños color café con leche. Al descender hacia los senos la piel oscurece. Suelo de bosque cubierto de hojas secas, hierba amarilla crecida bajo una piedra, estrías de barro cayendo hacia la profunda ranura entre los pechos. Morado. Un punto de luz en el botón de nácar.

La expresión del rostro, por mucho tiempo, los fascinará. Exhala nostalgia de un sitio imposible, desconocido; deseo no aceptado, insatisfacciones, remordimientos; descubrimiento de una paz que sólo es posible en el abismo. Angustias. Arañazos de olvido. Resistencia. Cansancio, también cansancio, pero sin poder de determinación, sin desgaste; y un fulgor que escuece en los ojos al mirarlos. Ambigüedad: por momentos podría decirse que denota alegría, triunfo, meta alcanzada, anhelo de heroísmo, serenidad, sosiego, un difícil equilibrio. Instantes después angustia, inseguridad, dudas atormentadoras, miedo, una niebla que avanza en la mirada que anuncia lágrimas. El rostro es de madera, de granito, de algodón, de nube, de acero, de tierra, de río. De olor a chirimoyas.

La expresión del rostro, por mucho tiempo, los fascinará.

Esa mierda que escribí no puede estar tan bien

> *Two in the morning'*
> *and the party's still jumping*
> *'cause my momma ain't home*
> *I've got bitches in the living room*
> *gettin' it on*
> *and they ain't leaving'*
> *'till six in the morning...*

Miguel alto y corpulento. Miguel ojos grises, amarillentos, demasiado juntos. Cambiantes. Miguel serio, macizo. Pectorales definidos. Bíceps prominentes. Hombros poderosos. Pelado al rape hasta una pulgada por encima de la oreja. Cabeza coronada por un escobillón de pelo. Según estipulaba la moda. Tennis Shoes Air de Jordan. El mismo aire perdido del padre, aire de tipo necesitado de protección. Pantalón a nivel de la cadera, tres tallas por encima de su medida. Amontonado a la altura de los tobillos. También la moda. Camisa Tommy Hilfiger. Aire de tipo solo, necesitado de ternura. Lo que lo convertía en un éxito con las muchachas. Basketball. Grandes, grandes manos.

Mientras conducía por Bird Road de regreso a casa se sentía feliz. El maestro, un cincuentón de aire estudiadamente descuidado, ridículo pelo largo (El Hippy, lo apodaban a sus espaldas) y espejuelos redondos —que al principio del curso le caía muy mal— repasó las composiciones con aire displicente hasta llegar a una. Entonces le pidió que se levantara y diera lectura a su trabajo. Miguel lo hizo. Sorprendido, refunfuñando. Cuando concluyó, el maestro esperó a que las últimas palabras se posaran dentro de sus compañeros de aula y después dijo (para la clase) que acababan de oír algo bien escrito, que tenía nota de excelente, y añadió (para Miguel) que aquella composición libre sobre un acontecimiento que hubiera afectado su vida era literatura. Y buena. Que continuara escribiendo, que él mismo había publicado un par de novelas —una de las cuales había que leer como parte del curso— y sabía de lo que estaba hablando. Miguel enrojeció y se sentó apresuradamente.

> *So what you wanna do?*
> *I got a pocket full of rubbers*
> *and my homeboys do too.*
> *So turn out the lights*
> *and close the doors,*
> *but for what?*
> *We don't love them hoes.*

—El Hippy está *full of shit* —dijo en voz alta llegando a la 57 Ave.—. Esa mierda que escribí no puede estar tan bien… Pero decir eso no hacía desaparecer la felicidad.

Oprimió el acelerador. El Honda, rojo, estilizado y potente, obedeció al instante. El tareco y el seguro del tareco se tragaban la mitad de su sueldo. Pero a pesar de las peleas del padre lo había comprado. Estaba harto de ir a la universidad en el otro cacharro. Bueno, no comprado. Aquí uno no compra nada, se lo alquila a los bancos, y como están construidos de forma que a los cuatro años se rompen, hay que alquilar uno nuevo. Con el padre no podía razonar sobre el asunto porque enseguida empezaba a meterle un discurso contra la televisión, el estado esclavista, la música de «esos negros raperos», los bancos y los McDonald's. *The man is crazy.*

Las bocinas instaladas en la parte posterior del vehículo hacían cimbrar el techo, los asientos, el timón. Millones de agujas enloquecidas revoloteando en el interior refrigerado del auto. El ruido no le molestaba. Pertenecía a la generación del ruido. Cantaba.

> *Rolling down the street*
> *smoking Indo*
> *sippin' on Gin & Juice*
> *(Laid back — with my mind on my money*
> *and my money on my mind).*

No pensaba decirle nada al padre. No sabía cómo reaccionaría. A lo mejor se alegraba por lo de la buena nota y punto. Pero cabía la posibilidad de que él y los dos tíos locos le empezaran a hacer la vida imposible para que escribiera un libro. Mejor mantenerlo en secreto por el momento. Total, la idea de contar algunas de sus experiencias en el gueto no era más que eso, una idea. Producto de aquella composición. ¿O estaba ahí desde antes?

The fucking profesor estaba equivocado... si él escribiera tan bien y supiera tanto de literatura viviría de sus novelas y no estaría perdiendo el tiempo con ellos. En esa universidad de mierda...

So we gon' smoke an ounce to this,
G's up hoes down
while you motherfuckers bounce to this ...
Rolling down the street
smoking Indo
sippin' on Gin & Juice
(Laid back — with my mind on my money
and my money on my mind).

Cuando llegó a casa el padre estaba todavía en la carnicería y Clara había ido al laundry. Había dejado una nota pi-
diéndole que se reuniera con ella allí para ayudarla a traer los
bultos de ropa. Fue hasta el refrigerador y cogió una botella
de malta Hatuey. Tendido en el sofá de la sala, abrió la mo-
chila y extrajo la composición del folder donde la guardara.

Tenía tiempo para leerla otra vez antes de ir a ayudar a
Clara.

Miel, melado

Soñaba con miel. Embotellada. Con melado de caña. También embotellado. Cajas repletando el interior del camión azul. Tropezando los cuellos ambarinos, las chapas amarillas, las etiquetas blancas. El camión azul. Correteando La Habana. San Rafael, Zanja, Carlos III, Infanta, 10 de Octubre, Zulueta, Amistad, Neptuno, Calzada de Luyanó, San Lázaro. Dejando la miel y el melado en las bodegas. Miel y melado La Selecta. Llevaba varias noches soñando con El Viejo, como le decía Luz a su marido muerto. Al principio fueron sueños agradables, sencillos: ellos jovencitos bailando en los Jardines de la Tropical con Antonio María Romeu y su orquesta: sombrero de pajilla zapatos de dos tonos peineta de carey cielo de estrellas derretidas; ellos delgados, endomingados, sonriendo felices comiendo helados en el Parque Almendares: vainilla lenguas frías la ciudad bocarriba con los muslos abiertos; ellos en la cola de la Montaña Rusa en el Coney Island de la Playa de Marianao: algodón de azúcar voz de pinos olor a mar luz de neones; ellos en el taller de chapistería Luz pinchando con el dedo el bíceps cabezón, contraído: manchas de grasa en la cara en las manos hierro duro un tubo una máquina lijadora apoyada en la pierna el overol; ellos con el niño recién nacido en el estudio de Moré: bigote a lo Errol Flynn pátina sepia mofletes batica de hilo batido de trigo.

Sueños como si alguien le mostrara un puñado de viejas fotografías.

Después se complicaron, se oscurecieron los sueños. En uno ella abría la puerta de la casa en Miami y se encontraba al marido sentado en la butaca mirando la televisión y se alegraba mucho porque comprendía que no estaba muerto y llevando las manos al pecho, emocionada, preguntaba «Pero Viejo, ¿entonces no estabas muerto?», y él sonreía y negaba con la cabeza como diciendo «Pero ¿cómo se te puede ocurrir eso?», la piel tersa el pelo negrísimo envaselinado peinado hacia atrás, y ella corría a su lado y él se incorporaba y se abrazaban y cuando su cuerpo tocaba el suyo se mezclaban y su mano se hundía en su rostro «¡Miel! ¡miel!» gritaba entonces aterrorizada embarrada de pies a cabeza y despertaba tratando de limpiarse la cara y el pecho y los brazos y corría al baño a meterse debajo de la ducha a quitarse de encima la miel de la muerte.

En otro estaba de pie frente a la casa de Miami, sosteniendo una maleta. Al principio creía que era el momento antes del amanecer o el crepúsculo pues todo estaba en penumbras, envuelto en una luz fatigada, pero luego se daba cuenta de que no, de que la casa, el jardín, la calle, el barrio entero y hasta el cielo y las nubes que pasaban lentas y los automóviles que circulaban por la avenida y la avenida misma eran de botellas de melado La Selecta —se acercaba a la pared y leía las etiquetas para comprobarlo: «La Selecta», enunciaba despacio—, y la penumbra imperante era la destilada por el melado y después entraba a la casa y dentro también todo estaba hecho de botellas, cuellos contra cuellos formando un entramado perfecto, llenas de aquel líquido oscuro y pegajoso: el televisor, los cuadros, los muebles y en el cuarto sobre la cama de botellas estaba acostado él, cuerpo también de botellas de melado y se incorporaba al verla sonriendo con sus dientes de botellitas diminutas y corría a abrazarla entre tintineos —«¡Luz, Luz!», exclamaba y las palabras formadas por botellitas aún más diminutas caían sobre las losas rompiéndose, dispersando el oscuro contenido— y ella sentía el dulzor empalagoso en la boca y entonces abría los ojos.

Se había mordido la lengua y tenía la boca llena de sangre.

En ocasiones despertaba en plena madrugada y permanecía arrebujada en la cama, recién salida de uno de aquellos sueños. Pensaba en su difunto marido, trabajando desde que era un niño con su padre, cargando cajas como un mulo en la embotelladora propiedad de la familia, La Selecta, comiendo en la cocina, entregándole los pocos pesos que ganaba a la madre abandonada, para ayudarla con los gastos de la casa. Y después de repartidor, recorriendo el día entero la ciudad por una miseria. Hasta que se dijo que resultaba más soportable que lo explotara cualquiera, siempre y cuando no fuera de la familia, y se metió de ayudante en el taller de chapistería de un amigo. Lo recordaba de pie, inexpresivo, casados ya, con Lucas chiquitico, junto a la puerta de la cocina, al fondo del caserón del padre en La Lisa, esperando a ver si le daban algo de dinero extra, como aguinaldo por Nochebuena; esperando, esperando. Y dentro del caserón la luz y el bullicio de la fiesta y la música. Las sombras estilizadas de los invitados dibujadas contra los cristales. Hasta que se cansó y fue hasta donde estaba y lo tocó por el brazo y le dijo: «Vamos Viejo vamos que se lo metan por el culo». Y él echo a andar a su lado y le quitó el niño y lo apretó y Luz lo miró de reojo pues le daba miedo mirarlo y en su rostro no había nada: frío y abismo.

Un gran tema

Llegaba diciembre con su imitación de invierno que todos agradecían. El calor disminuía. La piel de los días se ablandaba, se tornaba tersa, lustrosa. Una alegría en forma de pelota rebotaba en el ambiente humedecido por la lluvia fina de los frentes fríos. Que en realidad eran restos amansados de las crueles tormentas invernales que azotaban el norte. Luz las contemplaba, blancas y espectrales, en los noticieros, y se felicitaba de vivir en Miami. Cómodamente instalada en su butacón veía a toda esa pobre gente del norte caminar bajo el aire cortante, envueltos en infinidad de abrigos, apresurados y patéticos. Y repetía para sí misma con expresión satisfecha: «Éste es el único lugar habitable en todos los Estados Unidos».

Para los Torres la fiesta de fin de año era una verdadera tradición. Se reunían en casa de la madre. Asaban un puerco en el pequeño patio de tierra, mediante una ceremonia que comenzaba muy temprano cuando Hernán iba a comprar el animal a una granja en Homestead. Después se encargaba de cavar un agujero en el patio para cocinar el cerdo y traía las parrillas, las hojas de plátano, las naranjas agrias. La madre había tratado de convencerlo para que usara el horno de la cocina, pero siempre el hijo argüía que un puerco a la cubana tiene que hacerse debajo de la tierra, de lo contrario «es una mierda». Para añadir acto seguido que «en la tierra de allá es donde queda perfecto, pero sobre eso no hay nada que hacer. Hay que conformarse con la mierda de tierra arenosa de Miami».

Empezaban a entrar y salir apenas levantado el sol, cargados con todo lo necesario. Cervezas, ron, sidra, uvas para el brindis de las doce de la noche. Turrones. Todo se compraba en exceso, porque los hijos insistían en la abundancia. Aquella actividad llenaba a la madre de una alegría antigua, le hacía recordar fiestas similares en la isla; también traía de vuelta su juventud, el vigor perdido de aquellos años: la figura del marido comandando la escena, su risa afilada debajo del elegante bigote, sus dientes parejos y resplandecientes; los niños correteando alrededor de la enorme mesa dispuesta en el patio. Perros ladran. El gato obstinado en encaramarse en la mesa. Las amistades del barrio, que pasaban a saludar, a desear un buen nuevo año. Prosperidad y salud. Los cohetes que estallaban, las luces de bengala coloreando el cielo, los disparos. El barrio sumergido en el sudor del tiempo. Remolón. Una tropa de fantasmas endomingados, con las mejillas encarnadas por el ron, bailando sonrientes. Todo venía.

Las mujeres se arremolinaban en la cocina, y aunque Luz se ocupaba del arroz blanco, los frijoles negros y los plátanos maduros fritos, Clara y Elsa echaban una mano con la ensalada, mientras los hermanos, en el patio, ponían música en el CD player al tiempo que conversaban en voz alta, se enzarzaban en discusiones banales o lanzaban risotadas altisonantes por cualquier trivialidad.

Joe Arroyo, Celia Cruz, Beny Moré, Toña la Negra, María Teresa Vera, Barbarito Diez, el Trío Matamoros, Blanca Rosa Gil, Óscar de León.

Hernán había instalado un potente bombillo. Cuando cayó la noche la oscuridad retrocedió como si alguien le diera un manotazo.

En la cápsula de luz que amarilleaba las figuras y los objetos estaban: la música, la larga mesa cubierta con el mantel de hule de motivos navideños, los olores, el humo del asado que escapaba por entre las hojas de plátano y los grumos de tierra, el movimiento de los cuerpos, las voces mezcladas —... ese puerco se va a quemar como el del año pasado *óyeme bien bailador y deja que te invada la alegría* comemierda quedó perfecto todos los escritores son unos borrachos *un pasito cun cun aé y otro pasiiiiito* tengo un hambre del carajo aaah qué rica fría fría está la cerveza en un ratico ya podemos comer *allá en la Siria hay una mora* ¿cuál era el único cantante que acompañado por un músico formaba una orquesta de once? ¡Barbarito Diez! eso es más viejo que andar a pie yo me puedo morir tranquila porque sé que ustedes van a cuidar a mis hijos éste es el mejor puerco que van a comerse en sus puñeteras vidas ¡Elsaaaa tranquiliza a esa niña! le ha dado por decirle oligofrénico a todo el mundo *ausencia quiere decir olvido decir tinieblas decir jamás* salió a ti loca dc rcmatc aguántala ahora ésa es de mis tiempos súbela un poquito Hernancito *si tantos sueños fueron mentira por qué se queja cuando suspira tan hondamente mi corazón ausencia* esa niña es la esperanza de la familia ¿cómo se dio cuenta tan pronto de que todos éramos oligofrénicos? Mima eso es muy triste vieja vamos a poner el merengue del peo ¡no eso no! coño me tienes hasta el último pelo con esa mierda una aguantona es lo que he sido toda mi vida coño me quemé que alguien me traiga hielo *te tiraste un peo fó te tiraste un peo* Miguel ese pantalón te queda un poco grande jíjíjí *fuck you man* ya está el arroz me gustaría tener un hijo pero él no quiere no se le puede ni mencionar el asunto porque se pone hecho una fiera no seas pendejo no te hiciste nada pongan los platos en la mesa que voy a servir ahora un poquito más de mojo criollo y pingúo... prueba, prueba este pellejo...— y untadas de algo infantil, el raspar de las suelas sobre el cemento, los gestos coloreados, las risas, el tintineo de los vasos, la respiración de la noche.

Debajo del arbolito estaban los regalos. Un promontorio reluciente de cajas forradas con papeles de colores chillones; lazos. Desde el patio, a través de la puerta abierta podía verse el árbol lleno de bolas y adornos, guiñando los diminutos bombillos: rojos, verdes, amarillos, azules. Todos a la mesa, comían. Las conversaciones se entrecruzaban, espesando el espacio. El débil frente frío largamente anunciado estaba a punto de llegar. El cielo sobre sus cabezas lucía un tono rojizo, engarrotado.

—Oye hace frialdad, ¿no?

—Sí, ha refrescado...

—Menos mal coño, un fin de año sin frío no es un fin de año.

—Éste es el mejor puerco de Miami.

—En vez de dedicarnos a escribir deberíamos haber puesto un timbiriche y vender pan con lechón...

—Nos iría mejor...

—Todavía están a tiempo...

—Oye tu mujer está por la goma hoy.

—Ella puede decir lo que quiera para eso es la princesa de la casa.

—¡Qué descarado eres! ¡Pero qué descarado Virgen Santísima!

—Caballeros, échenle un poco de ron a los santos...

—Sí sí sí, ya el otro día Mima tuvo visita. ¿Verdad Mima?

—Búrlense, búrlense, que yo sé mis cosas...

—No me estoy burlando, tú sabes que yo no juego con eso.

—Luz, ¿y cómo era, transparente o cómo? ¿Estaba al lado de la cama? ¿Te dijo algo?

—Nonono... A la entrada del cuarto. Bastante cerca eso sí. Pero ¿quién te dijo que los muertos son transparentes? Iguales que tú o yo, así son. No me dijo nada, nada más que me miraba así con la sonrisita esa que tenía...

—No, yo pregunto... Nunca he visto ninguno, no tengo vista para eso...

—Oye pásame unas masas que lo que me han dado es pellejo nada más.

—¡Pero si el pellejo es lo mejor!

—Por eso, cómetelo tú...

—Pero ¿cómo sabes que estaba sólido si no lo tocaste?

—Eso se sabe Clara eso se sabe. El cuerpo es un lugar triste. Cuando uno es viejo es distinto.

—¿Qué? No, yo te pregunto si estás segura que era sólido y no como humo... gaseoso, ya sabes... un fantasma. ¿Estás bien Lucecita?

—Sí sí... muy bien.

—Coño esta ensalada está divina...

—¿Miguel de qué estará disfrazado? ¡Quítate ese plumero de la cabeza muchachón!

—Oye Hernancito, a mi Beibi déjamelo tranquilo...

—Déjalo Mima que se cree que es gracioso...

—¿Quién le dio ese vaso de cerveza a la niña? ¡Mónica!

—Déjala que un día es un día.

—No chico que luego sale borracha igual que tú...

—Es mejor ser borracho conocido que alcohólico anónimo.

—Cómo le gustaba a tu padre el fin de año...

—Vamos Mima... no te vayas a poner a llorar que esto se supone que sea una fiesta. Pipo está en el Cielo con San Pedro y todos los demás borrachos, pasándola bien... jugando al dominó.

—Eso, ríete un poco...

—¡Cómo ha enfriado! Mijo tráeme un suetercito que tengo encima de la cama hazme el favor...

—Déjame volver a llenar la fuente de frijoles que ya estos bestias la vaciaron.

—¿Alguien quiere más?

—Yo quiero un tin para mojar este poco de arroz que me queda.

—Qué animal...

—Yo el espacio que me queda lo voy a dejar para los turrones y las uvas...

—Coño nos quedaremos sin comer turrones porque esos espacios tuyos son como el Gran Cañón del Colorado.

—Oye quién habla, Tragaldaba el que come y come y nunca caga...

—Ajájájájá... ¡Tragaldaba el que come y come y nunca caga!... ¡Tragaldaba el que come y come y nunca caga!

—¡Moniquita! Eso no se dice... Nunca repitas lo que dicen los adultos, todos son unos cerdos. Son adultos, eso lo dice todo, están jodidos.

— ¡Oye al otro!

—Ya a éste el ron lo bateó para el otro lado.

—Déjame ayudar a recoger un poco. Gabriel, trae esas fuentes a la cocina. ¡No has tocado la comida, sólo te has comido la ensalada!

—Es que estoy con las alergias...

Cargaron el televisor de la sala, el más grande, hasta el patio. Hernán buscó una extensión que guardaba en el maletero de su Toyota. Lo instalaron sobre la mesa. Faltaban pocos minutos para las doce y todas las estaciones transmitían en cadena desde Times Square. La multitud boqueaba como un pez fuera del agua, los ojos clavados en los números digitales que marcaban los segundos, los minutos; arriba, en la torre. Los espasmos finales hacían a la multitud contorsionarse, chillar, agitar las manos señalando el cuerpo del año que se deslizaba hacia el abismo. La nieve descendía sobre la escena. Sus cuajarones mágicos entalcando la plaza, fragmentando los edificios cuyas puntas se perdían en el cielo plomizo, encarnado; blanqueando los sórdidos callejones. El eco del conteo que brotaba de la pantalla repercutía como si Manhattan fuese una enorme caverna. Las paredes de piedra del cielo, sobre sus cabezas, fulgurando, como iluminadas por resinosas teas.

Empezaron a corear con el televisor:

—¡SIETE…! ¡SEIS…! ¡CINCO…! ¡CUATRO…! ¡TRES…! ¡DOS…! ¡UNO…! ¡HAPPY NEW YEAR!

Tomaron sorbos de las copas llenas de sidra, comieron las uvas. Después se abrazaron y besaron rodeados por la música, el clamor que ascendía de las casas para perderse en el cielo limpio. Muy cerca, sonaron disparos.

—¡Eso fue un Magnum, por lo menos! —exclamó Hernán mirando hacia arriba—. ¡Mira Mónica allí va la bala! —añadió alzando el brazo y abrazando a la niña.

—¡A ver, a ver!

—Pero qué pesao…

—¡Coño brindemos por que el año que viene estemos otra vez aquí! —gritó Lucas alzando su copa.

Todos brindaron por eso.

Entonces Luz, imponiendo la voz sobre la algarabía que salía del aparato, volvió a llenar su copa y dijo:

—Quiero que me prometan que si me muero van a escribir un libro sobre mí, los tres. No una cosa lloriqueante diciendo mentiras de lo buena que yo era y todo eso... No, un buen libro, literatura de verdad, pero que su madre sea la protagonista. Eso será un gran tema. He pensado mucho en el asunto. ¿Se imaginan? Tres hermanos escritores unidos en un libro sobre la pérdida de la madre. ¡Eso es un Gran Tema! Nadie se atreverá a ignorarlos nunca más.

—Mima, gracias, pero tú nos vas a enterrar a todos —la interrumpió Hernán riendo.

—No, en serio, prométanme eso...

Viendo que su madre no desistiría fácilmente de su idea, y seguro de que había bebido demasiado, Gabriel levantó su copa y gritó:

—¡Lo prometo!

Sus dos hermanos hicieron lo mismo entre risas.

Como el cielo de Cuba

Dos semanas más tarde, se levantó temprano. Estuvo metida en la ducha largo rato. Cantaba. La voz mezclada con el trepidar del chorro de agua. Antes de entrar en el cuarto de baño hizo café, como de costumbre, y se lo llevó a Lucas a la cama. Cuando estaba entalcándose —golpeaba con una mota enorme el pecho, el vientre, la espalda, bajo los brazos, hasta terminar pareciendo una máscara del teatro kabuki— le llegó, desde el cuarto, la exclamación gomosa y retardada del hijo: «¡Mima, qué rico estaba el café!».

Se puso blumers y ajustadores nuevos. Le aterraba la idea de morir y que los médicos en el hospital la vieran con ropa interior vieja o rota. Cuando terminó de vestirse pasó el trapeador para secar el agua que siempre salpicaba por la rendija de la cortina plástica. La cortina tenía impreso un paisaje marino. Dunas de arena quemada, gaviotas, unas estrías de diversos azules que representaban el mar y una gran bola de fuego: naranja, rojo, amarillo limón que era el sol y el cielo del amanecer. Como el cielo de Cuba, pensó peinándose hacia atrás el cabello y sujetándolo con una peineta.

Fue hasta el cuarto de Lucas. Abrió un poco la puerta. La cabeza del hijo, cuyo cabello canoso empezaba a escasear, reposaba sobre la almohada. La sábana le cubría el rostro. Volvió a la sala. Hizo un alto frente al altar. Miró a sus habitantes un momento. Después, con paso firme, fue a la cocina. Abrió el monedero y sacó dinero, que introdujo en el bolsillo del short. Volvió a colocar el monedero sobre la repisa de la cocina, pero luego cambió de opinión y lo guardó en el bolsillo trasero. Entonces se encaminó a la puerta. Ya en el umbral, dirigió la mirada al cuarto de Lucas. Permaneció inmóvil unos instantes. En el rostro aposentada una ternura.

Después, con expresión de júbilo, triunfal —la expresión de alguien que asume un destino glorioso— murmuró como dirigiéndose desde un estrado a un enorme público:

—Ya verán, ya verán quiénes son mis hijos.

Y añadió, tras una breve pausa, en voz alta, sonriendo:

—¡Lucas, voy a buscar el pan!

Una milésima de segundo

El chofer del Pontiac hace una brusca maniobra, al tiempo que pisa los frenos, para evitar la colisión. Demasiado tarde. El cuerpo de la mujer golpea la defensa, asciende, oscila frenético sobre el capó. Al girar, ejecuta en el aire algo que parece un paso de danza: la cadera apoyada sobre el reluciente metal, manso verde esmeralda, en un punto próximo a la cabeza del indio de rasgos niquelados, con las alas —¿son alas? ¿plumaje ritual?— extendidas, que se prolongan hasta unas pulgadas del parabrisas.

Ese punto mínimo en el que se apoya la cadera actúa como vórtice del cuerpo que gira —las piernas flexionadas, el torso inclinado hacia delante—, como el de un gimnasta al abandonar su aparato y disponerse a acometer la última figura antes de aterrizar sobre la lona, bajo la mirada severa de los jueces. Procurando la perfección, la máxima belleza.

Eso hace el cuerpo impactado de la mujer: dejar en el aire, en el fugaz instante, la huella indeleble de una armonía espontánea, inocente. Una armonía insumisa, heroica. Cargada de una insólita felicidad.

Ha transcurrido una milésima de segundo.

La mirada del chofer y la de la mujer se cruzan.

Una: acuosa azulada por el reflejo del cielo; otra: astillada por un negror que avanza impasible mordiendo la mañana.

Él recordará más tarde —así consta en el reporte policial— que la mujer ríe. Que en el rostro que flota gira vuela arde estalla que sale despedido como un proyectil choca con el pavimento rebota y desaparece bajo las ruedas, hay una sonrisa.

Esa milésima de segundo

Lucas abre la puerta del baño donde ha ido obligado por unas perentorias ganas de orinar. Está en el baño de la casa de la infancia, en La Habana. Cierra los ojos. Tiene miedo abrirlos.

Hernán despierta. Al pie de la cama hay un elefante pequeño que lo mira moviendo la trompa acompasadamente. El elefante sonríe.

Gabriel se agacha a recoger el periódico que yace sobre la hierba todavía húmeda. Siente que ha sucedido. Otra vez. La ciudad se muere y renace bajo sus pies. El Universo se concentra y se precipita.

Cae de rodillas. Tiembla.

Pontiac

Cuarenta años atrás, los tres niños están sentados al borde de la calzada. Cae la tarde. El rumor de la corriente del día que muere los rodea. Observan atentos los vehículos que se aproximan. Es la única vía con tráfico en el barrio; van todas las tardes a jugar allí. El juego consiste en identificar la marca y el año de los automóviles que pasan. El que primero lo hace es declarado «dueño» del vehículo en cuestión. Le pertenece.

—¡Chevrolet del 52! ¡Oldsmobile del 55! ¡Ford del 50!

Van anotando las adquisiciones de cada uno en un papel que sostienen sobre las rodillas desnudas y arañadas. El mayor lleva la delantera. Poco después lo supera el menor.

Ven acercarse a la mujer, con paso rápido. Ha salido de la casa, dos cuadras más abajo. Se detiene a conversar con una vecina que ha cruzado la calle, desde la bodega. Intercambian algunas frases. Alcanzan a escuchar las risas: quemadas, anaranjadas, ascendiendo por el aire transfigurado hacia las pequeñas nubes. Minutos más tarde la madre llega a la calzada y los observa un instante antes de hacer un gesto con la mano y decir:

—A comer, vamos, que se enfría la comida.

Le gritan a coro que espere un momento, que están empatados y así no quieren terminar el juego.

—¡Chevrolet del 55! ¡Dodge del 48! ¡Mercury del 49!

La mujer atraviesa la calzada y va a sentarse junto a ellos.

—¡Mira Mima! Les estoy ganando —dice el mayor de los tres con los ojos iluminados.

—¡Nada más que por uno! —grita el más pequeño.

El mediano no dice nada. El rostro enfurruñado, los ojos clavados en la calzada que se ensombrece por momentos.

Los automóviles han encendido los faros y es más difícil identificarlos.

Un bulto sombrío dobla de una lateral. Las luces centellean y barren las copas de los árboles esponjosos, que se recortan contra un cielo de tierra. La mujer se levanta y los conmina a marchar.

—¡El último Mima, el último! —ruegan a coro.

El vehículo se aproxima. Treinta, veinte, diez metros. Pasa.

Un manchón niquelado, ronroneante, elástico.

Los hijos permanecen en silencio.

—¡Pontiac del 56! —dice la madre mirándolos divertida.

—¡Es tuyo Mima, es tuyo! —gritan los tres niños.

Se levantan, la abrazan, ríen, danzan a su alrededor.

ACCIDENTE

Pincha el ojo izquierdo primero, debajo del iris, en la zona húmeda, de un blanco gastado. Cuando retira el pedazo de perchero un líquido espeso resbala hasta el borde hinchado, negro, del párpado y alcanza las rígidas pestañas. La mujer no se mueve, pero los labios tiemblan. Un poco más de sangre resbala sobre la otra sangre seca, pero no hay sonidos. Ha dejado de gruñir días atrás. Tirita, eso sí. Pero la lengua está demasiado estropeada para que pueda articular palabra. Se aparta un poco para que la potente luz de la bombilla impacte de lleno sobre su rostro. Estudia los colores. El pelo sucio y escaso se pega al cráneo manchado de tinte. Un tinte morado que se va desprendiendo del cabello con el sudor. Tiene más canas ahora que cuando llegó. Canas color de leche vieja. También tiene más arrugas, profundas arrugas que bajan desde el borde de los ojos y la boca y desembocan en el cuello, en el mentón partido. A veces se sienta a mirarlas bajo la fuerte luz. Son el mapa de un sitio conocido que no acierta a identificar. Un río, una calle, un barrio, una ciudad, un país que aparece intermitente en el amasijo de líneas. Introduce otra vez el alambre; lo siente tropezar con algo duro. Aumenta la presión y por un momento cree que se doblará, pero luego con un crujido áspero encuentra su camino. Hasta que la mano tropieza con la mejilla. Al principio usó guantes, pero luego los desechó porque de alguna manera los separaban. Y él no quiere que nada los separe. Así que ahora siente la mezcla pegajosa de sangre, vómito y sudor adherirse a la palma de su mano. Y el calor. La tibieza de la piel que le asegura que aún vive, tal y como desea. El alambre ha alcanzado algún punto neurálgico porque el cuerpo de la mujer se agita como cuando le aplicó los corrientazos. La soga con la que está atada cruje y se incrusta en la carne hasta casi desaparecer. Mantiene la presión para sacar el máximo provecho del contacto alcanzado. La cabeza comienza un movimiento rítmico, de un lado a otro, lo que hace que el alambre entre y salga del ojo también rítmicamente. La cantidad de gelatina que brota de la herida aumenta esparciéndose por la mejilla hasta mojar los dedos. La temperatura del líquido lo anima y se dice que dentro está llena de vida. Todo marcha bien. Mira el almanaque que cuelga de una de las paredes, para estar seguro por décima vez que es 20 de marzo. No puede morir hasta el 22. El cuerpo de la mujer sigue moviéndose presa de violentas convulsiones. Los huesos astillados del rostro, la mandíbula rota, chasquean. La sangre brota otra vez por los lacerados orificios de la masa deforme de la nariz.

Murmura una canción obscena aprendida durante la infancia y, sin dejar de penetrar el ojo izquierdo, clava el otro alambre con mano firme en el iris del ojo derecho.

Cuando le preguntaban cuál era la mayor virtud de un ser humano, siempre respondía sin vacilar: paciencia. En cantidades industriales. Paciencia, paciencia y paciencia; ésa era la clave de cualquier triunfo. Ella y sólo ella le había permitido llevar a cabo su venganza. Siete largos años esperó, y lo hizo humilde, calladamente. Acudía a la carnicería, puntual, como un esclavo más. Esperando. Siete años esperó. Se dice fácil. Pero para él resultaron la mayor de las torturas. Ahora lo comprendía mejor que nunca. Ahora que el accidente, todo el accidente, estaba por culminar. Una tortura mucho peor que haber tenido que abandonar su país dejando a su familia; país que era un infierno, pero era el suyo. Mucho peor que la travesía en aquel pequeño bote rodeado de tiburones. Mucho peor que todas las horas perdidas frente a sus cuadros, luchando por conseguir algo imposible, que simplemente no se podía pintar. Mucho peor que los años que trabajó como un perro y ahorró hasta el último centavo para reunir el dinero necesario para sacarlos de la Isla. Hasta que los sacó por España, y entonces tuvo que seguir trabajando en dos trabajos para ayudarlos, porque la Madre Patria resultó ser tremenda hija de puta y dejaba entrar a los refugiados al país, pero les prohibía trabajar.

Por aquel tiempo comprendió que nunca aceptaría el Orden. Que aceptarlo era como renunciar a la condición humana misma. Nunca faltaba al trabajo, sufría la explotación, sumiso, y ejecutaba a la perfección su papel de animal domesticado. En la carnicería del Publix o en cualquier otro sitio. Pintaba por las noches, y cuando no tenía dinero para comprar tela, dibujaba o trabajaba en pequeñas acuarelas. De vez en cuando compraba algo. El que no compra en esta sociedad es considerado un sospechoso. Había leído en algún sitio que una de las agencias secretas del Gobierno Central (todas las agencias que te joden son secretas) instaló un nuevo y aún más sofisticado programa computarizado que catalogaba a los habitantes del país según su nivel de consumo. Un gran consumidor era un buen ciudadano, y viceversa. También descubrió que Dios no existía. Cosa que sospechaba desde mucho tiempo antes, pero no se atrevía a aceptar. Una noche condujo su automóvil lejos de la ciudad, hasta uno de los pocos espacios despoblados que quedaban y allí, bajo las estrellas, entre la hierba que casi lo cubría, se cagó en su madre diez mil veces seguidas. La seguidilla de insultos trepó, como una oración, hasta la bóveda indiferente y rebotó perdiéndose en el horizonte, pero no hubo respuesta. Se arrodilló. Era la primera vez que lo hacía desde su remota infancia, en los duros bancos de madera de la iglesia del barrio. Pidió a su padre muerto que apareciera, que le diera una señal, que lo ayudara a soportar todas las humillaciones que tenía por delante. Rogó a sus abuelas enterradas y podridas un montón de años atrás allá en la Isla. Nada. No se dio por vencido, suplicó entonces a ese Dios en el que no creía que lo eliminara de una vez. Pero nada sucedió. O sí, sucedió algo, se sintió libre. Sintió como si un gran peso lo abandonara. Se levantó de un salto, ligero. Aquélla fue la última vez que se arrodilló ante algo. Conduciendo de regreso experimentó una alegría atroz. Ahora sabía que estaba solo, y que después de la muerte no habría nada. La ciudad en el horizonte, a medida que se aproximaba, parecía más monstruosa, más humana.

Después de años de esfuerzos por fin pudo traer a su madre. La abrazó en el aeropuerto un buen rato. En la muñeca seguía colgando la argolla roja que heredara de su tatarabuela, y que nunca se quitaba. Sintió una misteriosa continuidad. Disfrutó su olor casi olvidado. Olor poderoso que contenía la infancia. Gracias a la distancia había aprendido a apreciarla. Miró muy de cerca su rostro arrugado, todavía hermoso, su pelo gris, sus ojos dulces. Durante la adolescencia, resentía que lo hubiese traído a ese lugar horrible sin su consentimiento. Pero luego comprendió que ella también era una víctima del Orden, de aquel Dios inexistente. Y la perdonó por víctima y porque además estaba el vínculo misterioso que tenía su origen en los genes de algún olvidado antepasado. Eso que hacía que compartieran algún gesto, la forma de reaccionar ante un olor, ante una situación determinada. Ese vínculo que los hacía diferentes. Únicos en su especie.

Como no ganaba suficiente para pagar dos apartamentos por modestos que fueran, a pesar de tener dos trabajos, tuvieron que vivir juntos. Poco tiempo después comprendió que aquella mujer era el único habitante del Universo con el cual tenía una relación real. Y lo que era más importante, la única con la cual estaba relacionado quisiéralo o no. Aquello transformaba el asunto en algo misterioso. Podía retar a Dios y cagarse en su madre y apartarse de Él definitivamente y a consecuencia de ello sentirse libre. Pero le resultaba imposible desvincularse de aquel ser casi indefenso que dependía de su ayuda para poder sobrevivir.

La sangre casi no brota ya. Sólo de vez en cuando una gota gruesa y negra cae, pesada, sobre las sábanas, toallas y otros trapos que cubren el suelo alrededor de la silla a la que está atada la mujer. La silla está clavada contra un poste de madera que apuntala los horcones que sostienen el techo del sótano. A la derecha, en un rincón que apenas alcanza la luz, las sombras consumen la tosca escalera que conduce al comedor. Gabriel se halla de pie frente a una gran tela que se apoya en la pared. Trabaja con largos y gruesos pinceles, con brochas, pedazos de madera, disímiles objetos, con las manos. Absorto en su trabajo, apenas escucha un sonido gutural que escapa del hueco maloliente rodeado de carne azul que es la boca de la mujer. Cuando el sonido se repite vuelve la cabeza por un instante y luego regresa al trabajo. La gotas demoran en caer, desde las heridas producidas por las sogas en los brazos, desde la nariz partida, desde las mejillas profundamente laceradas. Se van formando en un proceso lento para luego caer sobre las telas encharcadas que se amontonan alrededor de la silla, con un chasquido apagado.

Llegaba agotado de los trabajos y enseguida se encerraba a trabajar en su dormitorio, que le servía de estudio. La madre, indefectiblemente, se asomaba a la puerta, desprendiéndose de las infinitas telenovelas, y le aconsejaba, como si recitara un sermón, que lo dejara para el fin de semana, que al otro día tenía que levantarse temprano a trabajar. Ella no entendía nada, pero Gabriel ya estaba acostumbrado. Le daba un beso y las buenas noches, cerraba la puerta y seguía absorto en la única labor que consideraba verdadera. Hasta que se dormía sobre los papeles, acodado en la mesa, o echado en el suelo. ¿Por qué continuaba atado a aquella tarea inútil que a nadie interesaba excepto a él mismo? Ésa era una pregunta para la que nunca encontró respuesta. Trató en varias oportunidades de dejarlo, pero a los pocos días regresaba. Su relación con aquellas imágenes era semejante a la que tenía con su madre. Formaban parte de algo que no entendía, pero a lo que no podía renunciar. Pintaba unas figuras grotescas, que se ensartaban, que se torturaban unas a otras aspirando a una especie de poesía del horror. Durante cierto tiempo, una galería local lo representó. Pero nada se vendía y sus obras despertaban el rechazo general y algún escándalo. En una ocasión lo acusaron de pornógrafo infantil porque alguien creyó ver en un dibujo las siluetas de dos niñas que se masturbaban. Como respuesta, arguyó ante un periodista (que luego reordenó sus palabras según le convenía), que él pintaba la vida, y que (en caso que estuvieran, a fin de cuentas, en aquella obra) las niñas ciertamente se masturbaban y que estaba seguro que la pasaban muy bien haciéndolo.

Aquello fue el fin de su experiencia, aventura solía decir, con las galerías. El dueño le explicó que la decisión de dar por terminada su asociación obedecía a problemas económicos, y en modo alguno a presiones políticas o al contenido de las obras. Era falso, parte del discurso hipócrita impuesto por el Orden, pero Gabriel pensó que daba lo mismo, recogió sus obras y se marchó. Poco tiempo después se enteró de que un espectador se sintió tan perturbado por uno de sus cuadros que vomitó en el sitio. Eso lo llenó de una rara felicidad. A partir de ese momento hizo todo lo posible por desaparecer del llamado «mundo artístico» de la ciudad. A veces telefoneaban otros pintores o algún periodista, pero no contestaba las llamadas. Circuló el rumor de que había dejado de pintar. Entonces lo dejaron en paz. Por aquellos tiempos adoptó el método que lo liberó de problemas de espacio. Una tarde apretujó todas las obras que tenía en el automóvil y se fue al mismo descampado en el que había insultado a Dios y ganado su libertad. Allí las quemó minuciosamente, cerciorándose de que nada quedara de ellas. Regresó a su habitación y se paró frente a la única tela que conservara. Medía unos diez por doce pies. En ella se entrelazaban unos seres hermosos, llenos de protuberancias que estallaban en una especie de júbilo doloroso. Le gustaba, sentía cómo se escapaba de su tejido (¿o era carne?) una felicidad, una dicha que sabía brevísima pero inigualable. Estuvo un rato contemplándola y luego, sin titubear, la tapó con pintura roja, que siempre usaba de base. De ahora en adelante sus cuadros al alcanzar su esplendor estarían condenados a morir, como debe ser. Ignorando el Mercado y el Orden. Estaba condenado a pintar, así como estaba condenado a cuidar de su madre. Pero aquél sería un asunto estrictamente personal.

La madre soñaba con una casa. Una casa grande, con patio para tener animales, gallinas, conejos, perros. Una casa de tejas, con ventanas Miami, insistía en aquel tipo de ventanas. Una casa con todo, para que a sus nietos, cuando llegaran —y al decir esto siempre detenía la mirada entre pícara y angustiada en el rostro del hijo—, no les faltara nada. Una casa con un gran escaparate de dos hojas, y un jazmín al borde de la ventana de la sala. Con piso de losas italianas, blancas y negras, como un tablero de damas. Una casa familiar, con mucha luz y brisa y un almendro enorme al frente. Gabriel la escuchaba hablar mientras compartían la cena, o cuando los fines de semana se sentaban frente a la pantalla a hacer compras, o compartiendo una horrenda telenovela en la noche. Con los ojos cerrados la escuchaba, para disfrutar de su voz, al tiempo que pensaba que nunca podría comprarle aquella casa a su madre.

Con los años, el tiempo empezó a hacerse más lento. Gabriel lo atribuía a la llegada de la felicidad. Paladeaba aquella lentitud alcanzada como una victoria contra la gran maquinaria del Orden que tenía como ley primera la velocidad. La clave de aquella felicidad, pensaba, era la armónica simplicidad de sus vidas. Gracias a un régimen austero y a su sentido del ahorro, ahora podía darse el lujo de tener un solo trabajo, que realizaba de manera eficiente, fingiendo a la perfección ser otro esclavo más, mientras su pensamiento vagaba sobre la cada vez más gruesa superficie de la tela que lo aguardaba. Consumía con moderación, para no despertar sospechas, aunque sobre todo para rodear a su madre de comodidades y de objetos que odiaba, pero que a ella le daban una sensación de triunfo, de realización, que no quería negarle. Para él compraba colores, pues los pinceles los usaba muy poco. Pintaba con las manos, pedazos de madera, alambres o cualquier otro objeto que le viniera bien. Su intimidad con aquella tela era absoluta y no la veía como una obra, sino como una forma de conocerse, de ser en otro ámbito y también como un refugio, un territorio para escapar del Orden y sus lineamientos, y de la velocidad de la sociedad y de la vida. Que ya eran una misma cosa. Allí junto a la tela notó por primera vez que el tiempo se hacía más lento. Parecido al tiempo de la Isla. Luego aquella lentitud aumentó, abarcó toda la casa, y la convirtió en un islote perdido en el océano inmenso de la rapidez del mundo.

Una noche aquel espacio pastoso (las capas de pintura tenían ya varias pulgadas de profundidad) le despertó unos deseos insoportables. Sus contactos sexuales, desde que su esposa lo abandonara años atrás, se limitaban a aventuras fugaces y esporádicas que comenzaban casi siempre en algún bar de la Pequeña Habana y terminaban en un motel cercano. Desnudo, se masturbó pegado a la superficie del cuadro. Al terminar, retrocedió unos pasos para comprobar que el semen se integraba perfectamente a la obra.

Las conversaciones con la madre los regresaban siempre a la tierra natal. A la familia lejana, con la que apenas tenían contacto. A él no le interesaban ya aquellos ejercicios nostálgicos, pero le seguía la corriente. La nostalgia era parte de la tranquilidad que disfrutaban. Una tranquilidad ganada gracias a la capacidad de pasar inadvertidos, gracias a una reclusión voluntaria. La felicidad se manifestaba sencillamente: llegaba del trabajo, abría la puerta de la casa (siempre decían «casa»

aunque se trataba de un apartamento) y allí estaba ella sentada frente al televisor. Entonces sentía la extraña sensación de
pertenecer. Y el tiempo empezaba a frenar cuando cruzaba el
umbral. Le pasaba la mano por la cabeza al seguir rumbo a la
cocina. Su entorno y su propia vida adquirían un sentido que
emanaba de su presencia. De que estuviera allí.

El cuadro (o quizás sería más exacto decir los cuadros) nacía
y moría a lo largo de los meses y los años. Gabriel se aseguraba de que no aparecieran en alguna de las fotografías que le
hacía a su madre, a la que le encantaba, sin que pudiera explicar el motivo, que la fotografiaran. Era sumamente importante que no quedara rastro alguno de ellos. Morían al alcanzar un esplendor fugaz que no era más que el preámbulo de
otra búsqueda. Como trabajaba desde un estado de libertad
total, sin estúpidas y aburridas ataduras de estilo y sin tener
que hacer concesiones al Orden o al Mercado, se podía dar el
lujo de crear lo que quisiera, como quisiera. En una ocasión
trabajó durante meses en el retrato de su madre. El resultado
fue extraordinario. El rostro de la anciana meticulosamente
reproducido lo miraba desde la tela, dulcemente. Aquella
imagen, que podría haber sido atribuida sin titubeos a Veláz-
quez, Goya, Ingres, Lucian Freud o cualquier otro maestro
por su perfección formal, tenía sin embargo algo que la conectaba con su obra. Estuvo meses regodeándose en el acabado, enriqueciendo la textura, logrando que cada mínima
arruga pareciera viva, pura piel envejecida al tacto. Hasta que
una madrugada cubrió la obra con una gruesa capa de pintura roja. Y luego se durmió feliz.

La madre se ocupaba de todos los quehaceres de la casa. A sus setenta años se conservaba fuerte y llena de energía. La veía trajinar en la cocina, o desempolvar los muebles, y se asombraba de su vitalidad. A sugerencia del hijo, salía a caminar todas las mañanas para hacer un poco de ejercicio, lo que le venía muy bien, según declaraba entusiasmada. Algunos domingos se iban a la playa al amanecer. Aunque se trataba del único día que tenía libre y generalmente lo dedicaba a pintar, Gabriel sabía que el mar llenaba a su madre de alegría, por lo que nunca ponía obstáculos cuando ella sugería, a mitad de semana, que pasaran el domingo en Miami Beach. Como isleños al fin y al cabo, la relación con el océano provenía de fuentes misteriosas, imposibles de definir.

Llegaban bien temprano, instalaban las toallas y las sillas plegables en la arena, y se acomodaban cerca de la orilla. Permanecían allí, bebiendo refrescos que sacaban del cooler repleto de hielo y conversando sobre la infancia de Gabriel en la Isla, aunque a veces el tema de la charla derivaba hacia el futuro y las inevitables especulaciones a propósito de qué harían cuando terminara la dictadura en Cuba. Le impresionaba mucho el nivel de ferocidad que podía alcanzar el deseo de venganza de la anciana. Para la dirigente del Comité de Defensa de la cuadra que tanto los acosara y que hizo todo lo posible por frustrar la salida de Gabriel cuando la famosa estampida de Mariel, lo menos que deseaba era que la arrastraran, atada a la cola de un caballo, por las calles del barrio. Aunque las mayores crueldades estaban reservadas para Fidel Castro, responsable, según ella, de todas las desgracias de los cubanos.

—En cuanto ese hijo de puta se muera, o mejor cuando uno de los que está con él lo reviente, me voy para Cubita

Bella —decía con la sonrisa de quien paladea un exquisito manjar.

Mirándola, Gabriel no podía menos que pensar en que el destino de la Isla sería nefasto y turbulento. Lleno de sangre, odio y violencia. Resultaba inevitable: si el sistema había sido capaz de crear deseos de venganza y resentimientos tan fuertes en una anciana desvalida, generosa y dulce, incapaz de hacer daño a nadie... ¿Quién podía pensar que aquello terminara bien?

Aunque se abstenía de mencionarlo a la madre para no molestarla, todo lo que tenía que ver con patrias lo tenía sin cuidado. Se consideraba un apestado del Universo. Y si le hubieran preguntado por el lugar al que pertenecía, del que era ciudadano, su respuesta sin titubeo alguno hubiese consistido en señalar aquella superficie pastosa que esperaba en su habitación.

Gabriel se limitaba a disfrutar del presente. Le gustaba la vida, pero eso no quería decir que se engañara respecto a ella. Estaba sentado en la arena con su madre, escuchando el mar romper a unos pasos, podía tocar su mano, o hasta recostar la cabeza por un rato en sus muslos y hacer como que dormía. Y sentirse feliz. Eso era todo. Y después de la muerte, nada. Dios, la idea de Dios, significaba una humillación. La vida a fin de cuentas era una belleza que se autoconsumía. Como su cuadro.

Cuando el sol resultaba insoportable, se iban a almorzar a un restaurante cercano. En Puerto Sagua servían verdadera comida cubana, buena y barata. Siempre estaba lleno. Sus cervezas heladas, como no se hallaban en ningún otro sitio en Miami Beach, eran muy populares. Allí, rodeados por el bullicio del lugar que a su madre siempre le recordaba sitios semejantes en La Habana de su juventud, retomaban el hilo de la conversación. Un par de horas después, cuando el sol se aplacaba, regresaban junto al agua. Y allí estaban hasta el anochecer.

Las heridas también forman mapas. Una laceración en el pecho, gris, ribeteada por minúsculos arañazos verdes, reproduce con exactitud perturbadora un muro de ladrillos carcomidos. El polvo gotea. La erosión puede haber sido producida por el oleaje, aunque es difícil estar seguro. Quizás sea cosa del desierto. Tempestades de arena hurgando, metiendo las uñas; como él ahora. Clava los dedos y se deja invadir por aquel calor. Busca y tropieza con pulidos músculos, con superficies corrugadas, granulosas. Chapoteo. Permanece largo rato quieto, con los ojos cerrados, sintiendo a través de la humedad y de los latidos acompasados de los órganos. Hasta encontrar esa sensación que tanto lo intriga. Es difícil describirla, pero de súbito la tibieza en la que su mano permanece inmersa se transforma, se amplía, lo engulle y traslada y tiene casi la certeza de estar conectado, mediante aquel agujero, con un espacio inmenso, con otra geografía. A veces ese espacio resulta familiar. Digamos que es el patio de la casa de su niñez. O la calle del barrio, por la que corre junto a una manada de muchachos. Pero no siempre sabe o cree saber dónde se halla. En ocasiones, que son sus preferidas, se descubre de pie ante un mar combo, que se adentra en el cielo, al borde de una pradera repleta de leones; o en el interior de una choza levantada junto a un acantilado que desciende hacia un lejano, negro valle. La herida alcanza el seno, que deja escapar burbujas de carne. La sangre se amontona como lava petrificada. Los dedos laten, los saca de la gruta caliente. Se incorpora, va y entierra la mano en la superficie del cuadro. La mueve por entre la pintura.

Los leones corren por las praderas junto al mar.

Estaba terminando de almorzar, pocos días después de la más reciente visita a la playa, cuando lo llamaron por los altavoces. Dejó la cantina que su madre le preparara la noche anterior y se dirigió a la oficina. Adalberto, el manager, lo miró con cara de ocasión y le dijo:

—Parece que tu mamá ha estado involucrada en un accidente... Alguien llamó para decir que la llevaron al hospital.

—Ella no maneja, ¿cómo puede haber tenido un accidente?

—No sé, te repito lo que me dijeron. Lo siento.

Gabriel condujo hasta el hospital, una mole descomunal instalada al borde de uno de los barrios marginales, no lejos del Publix. No se preocupó mucho, pues pensó que se trataba de un error. Un enfermero vestido de verde lo condujo a un cuartico amueblado con un sofá y una mesita de madera sobre la que descansaba un teléfono. Un paisaje barato que representaba unas gaviotas posadas sobre una duna, a la orilla del mar, estaba atornillado a una de las paredes. El enfermero le preguntó su nombre y su relación con la persona accidentada. Luego desapareció. Tardó casi veinte minutos en regresar. Cuando lo hizo, se sentó a su lado, le puso una mano en la rodilla y narró lo acontecido. Gabriel escuchó sin hacer un gesto. Lo miraba fijamente y sus ojos estaban desprovistos de expresión. Todo había sucedido (citaba el informe policial y el informe de la unidad de rescate) cuando su madre salió a caminar, como de costumbre, en la mañana. Al ir a cruzar la calle, un automóvil dobló a toda velocidad atropellándola. La señora, así se refería el joven enfermero a su madre, llegó en muy mal estado a la sala de emergencias. Ellos hicieron todo lo posible, durante más de una hora, para salvarla. Pero no pudieron. Cuando dijo eso lo miró con genuina tristeza y Gabriel no pudo menos que sentir lástima por aquel muchacho que tenía que decir a los demás que sus madres, sus padres o sus hermanos habían muerto y ellos no pudieron evitarlo. No pronunció palabra, no lloró. Se limitó a mirar al enfermero con los ojos vacíos. Éste, luego de esperar unos minutos, se incorporó, puso una mano asombrosamente pesada sobre su hombro y preguntó si quería verla. Respondió que sí y el enfermero lo guió por un pasillo hasta unas anchas puertas metálicas que daban acceso al salón de emergencias. El enfermero no entró, le indicó las puertas a Gabriel con un ademán.

A la derecha, tras un mostrador lleno de papeles y varias terminales de computadora dos muchachas vestidas de blanco lo miraron como si lo conocieran. Una de ellas indicó los cubículos a la izquierda, separados entre sí por cortinas plásticas de color verde oscuro. Su madre estaba acostada en una camilla alta, cubierta hasta el cuello por una sábana blanca, impoluta. Un vendaje envolvía la cabeza dejando descubierto el rostro. A la altura de la frente, un mechón de cabellos asomaba por debajo de la tela y descansaba sobre la piel, extrañamente ordenado. Tenía los ojos cerrados. ¿Quién le había cerrado los ojos?, se preguntó. De la boca emergía un tubo plástico que se deslizaba junto al cuello e iba a perderse bajo las sábanas. La cortina que separaba los cubículos se hallaba descorrida. En el contiguo, había una camilla también, pero en completo desorden. Las manchas de sangre, negras, salpicaban el suelo, las sábanas, el metal de los equipos y numerosas gotas alcanzaban las paredes. Algunos vendajes y algodones empapados, arrojados con prisa, también estaban a la vista, sobre el frío granito del piso. Un enrevesado aparato mecánico, del cual pendían tubos y cordones en desorden, se inclinaba sobre la camilla. Allí habían atendido a la mujer accidentada cuando arribó, y cuando ya no pudieron hacer nada más por ella, la limpiaron y trasladaron a donde se encontraba ahora.

Miró a su madre un rato. Nada indicaba que estuviera muerta. Su rostro no expresaba dolor, más bien reflejaba cansancio. Pero cuando se inclinó y la besó en la frente un frío profundo, desolado, le tocó los labios. Un médico joven entró sin hacer ruido. Dijo que habían hecho todo lo posible por salvarla, pero que, prácticamente, murió a causa del impacto. Que cuando abrió el pecho encontró una laceración en el corazón. Gabriel le preguntó si sufrió mucho. El joven respondió que no, que un poco de dolor a lo sumo. Que había estado inconsciente desde el primer momento. Que un equipo de más de diez personas trabajó en el caso. Antes de retirarse, estrechándole aún la mano, repitió que hicieron todo lo posible.

Estuvo unos momentos de pie junto al cuerpo tendido luego que el médico se hubo marchado. Alguien entró a limpiar el cubículo ensangrentado. Entonces desanduvo sus pasos hasta que estuvo afuera. El cielo limpio indicaba que la de ese día sería una espléndida tarde de verano. Se dirigió hacia el lugar donde dejara estacionado el automóvil.

Todavía no había llorado.

Al velorio no asistió casi nadie. Un par de compañeros de trabajo y algunos ancianos con los que su madre conversaba y compartía historias durante el transcurso de sus caminatas matinales. De seguir sus inclinaciones, toda aquella ceremonia no se hubiera realizado. Pero la muerta siempre insistió en ser enterrada según los ritos católicos y Gabriel se sentía obligado a cumplir sus deseos. Lo peor fue lidiar con el sacerdote. La misma casa funeraria controlaba el negocio de los ritos. El cura, cuya facha de truhán le repugnó desde el principio, cobraba su tarifa por adelantado y decía más o menos elogios a la difunta, e intercedía a su favor ante aquel Dios que representaba con más o menos vehemencia, dependiendo de lo que le pagaran. Aquel chantajista oraba por la entrada al Paraíso para otros, con su rostro ramplón, en la semipenumbra del salón vacío. Concluyó apresuradamente su jerigonza, pues Gabriel se limitó a pagar la tarifa mínima, y se marchó.

Estuvo toda la noche sentado junto al féretro. El olor empalagoso de las flores lo mareaba y el tembleque de las velas hacía danzar en la pared la sombra patética del crucifijo de bronce, o de plástico que parecía bronce, nunca se sabe. Crucifijo que también había costado sus buenos dólares. En las otras capillas el tráfico de dolientes también disminuyó después de la medianoche. Sólo los familiares más allegados conversaban, sollozaban esporádicamente o dormitaban agotados en los mullidos butacones. Algunos trataban de combatir el dolor haciendo chistes, por lo que a veces, una carcajada entrecortada resonaba extemporánea entre los cuerpos muertos. No sabía rezar, ni tenía motivo alguno para hacerlo, así que se limitó a estar de pie frente al ataúd contemplando el rostro cambiado, casi irreconocible de su madre. Lo que estaba dentro de aquel cajón exhibía un aspecto artificial, producto del maquillaje y de la autopsia, que le impedía establecer contacto alguno o sentir dolor. Lo que dolía era la ausencia, y una sensación de vacío, de fin, que se agrandaba por minutos.

En algún punto de la madrugada soñó que regresaba a la infancia y se vio correteando las calles del barrio. Luego estaba, sudado, jadeante, en la sala, saltando alrededor de su madre joven y sonriente que intentaba agarrarlo. Ahora la mujer lo tenía en su regazo y le pasaba la mano por la cabeza mientras se mecían en el sillón. El olor de la piel de la joven, poderoso, fresco, lo embriagaba. Después comenzó a llorar en el sueño y cuando se despertó continuaba llorando, sin ruido. Así llegó la mañana.

El entierro fue rápido. Unos empleados del cementerio lo ayudaron a cargar el ataúd hasta el agujero abierto en la tierra. No se efectuó ceremonia alguna, pues aunque el cura insistió en ofrecerle un package de oraciones que incluía las de la funeraria y el cementerio, se negó, porque no estaba seguro de ser capaz de contener los deseos de abofetearlo. El sol brillaba espléndido mientras el ataúd descendía, lo que daba un carácter absurdo a la escena. Lo consoló el hecho de que cerca del agujero hubiese una mata de almendras, como la que hubo frente a su casa en la Isla. Sintió como si el árbol significara una compañía, como si su madre fuera a estar menos sola cuando se marchara.

Regresando del cementerio, llegó a la conclusión de que vivía en un Caos, de que la muerte de su madre era un accidente y que él mismo era un accidente y el Universo no era más que un accidente. Y que eso, precisamente, era lo más intolerable. Lo más humillante.

Gabriel asistió al juicio aunque su abogado le advirtió que las leyes no estipulaban casi ningún castigo para la mujer que atropellara a la anciana. El policía que levantó el acta del caso le impuso una multa, lo que la hacía culpable del incidente, pero las leyes de la Florida no atribuían responsabilidad criminal sino negligencia a este tipo de acontecimiento, que por otra parte era sumamente frecuente. Así que la máxima pena aplicable a la conductora del auto era unos meses de trabajo comunitario, una pequeña multa y una suspensión temporal de la licencia de conducir.

La mujer tendría alrededor de cincuenta años, y no parecía muy agobiada mientras esperaba que llegara el turno a su caso. Se hacía acompañar por el marido, un tipo grosero que repetía, en voz alta, a cualquiera que lo quisiera escuchar, que su esposa no tenía culpa de nada. En una ocasión lo vio sonreír. Gabriel se limitaba a mirarla fijamente desentendido de lo que acontecía. Y lo cierto era que no le importaba mucho lo que estaba ocurriendo en la corte. No había tenido nunca respeto alguno por el sistema judicial del país y no iba a empezar a tenerlo ahora. Aquella payasada era parte del Orden de los poderosos y funcionaba sólo para ellos. Le daba ganas de reír la seriedad con que los participantes, jueces, policías, empleados de la corte, abogados, fingían creerse todo aquello. Él hizo su papel a la perfección y se comportó civilizada y obedientemente. Durante un tiempo, mientras permanecía sentado en aquel salón atiborrado de acusados, se esforzó en odiar a la asesina y a su marido, pero sin éxito. Y cuando acabó todo, no pudo menos que admitir que lo único que despertaba en su corazón aquella pareja era una profunda piedad. La misma que sentía por el género humano. Lo que no disminuía un ápice su deseo de venganza. Aquellos dos eran tan víctimas como su madre, como él, de la situación. Pero hacerlos pagar su cuota de dolor y de muerte por su dolor y su muerte constituía el único camino, la única alternativa que tenía para escapar a la humillación del Caos.

Todo transcurrió según lo previsto. El juez condenó a la conductora a realizar trabajo comunitario por un par de meses y suspendió su licencia por un año. El abogado de la mujer le dio una palmadita en el hombro a su clienta. El abogado suyo le dio una palmadita en el hombro y le dijo que habían sacado el máximo. Que la ley no permitía un castigo mayor. Gabriel tuvo la impresión de que allí todo el mundo quería salir lo antes posible del asunto. A fin de cuentas él no era el único con problemas, eso estaba claro. La sala de la corte estaba abarrotada y resultaba evidente que no podían dedicar mucho tiempo a cada caso.

Los días siguientes transcurrieron en una especie de letargo. Se levantaba a trabajar como de costumbre y cumplía puntual con su rutina. Pero se hallaba distanciado de la realidad. Sentado en el sillón que antes ocupara su madre, ponía los estúpidos programas de televisión que ella solía ver. Pero no era lo mismo y terminó apagándolo definitivamente. Pasaron varias semanas antes que fuera saliendo poco a poco del sopor en que estaba inmerso. Dejó de tomar las píldoras que lo ayudaban a conciliar el sueño y volvió al cuadro. En la tela encontró las respuestas que necesitaba. Ya en el hospital, ante el cuerpo inmóvil, y luego durante el juicio, había pensado que quien fuera responsable de la muerte de su madre pagaría por ello. Pero no fue hasta ese momento que se reconcilió, del todo, con la idea. Hacer sufrir a la asesina (así la llamaba Gabriel) y por supuesto matarla, era una etapa más, y luego comprendió que una etapa imprescindible, de su batalla contra la domesticación, contra el Orden y el Caos. Aceptar aquella muerte, aquel destino injusto, representaba no sólo una humillación, sino el acatamiento de un absurdo infinito, de una trivialidad monstruosa a la que le parecía una indecencia plegarse. Así que se puso en paz consigo mismo en largas sesiones frente a los cuadros, que enriquecidos por su dolor quedaban más perfectos, más hermosos, más misteriosos que nunca. Cuando ya había creado cinco nuevas obras comprendió que la muerte de su madre lo hacía más libre. Sintió lo mismo que el día en que insultó a Dios y se convenció de que no existía. Una peligrosa felicidad.

Nada de eso evitó que el tiempo, en el que había notado una tendencia a acelerarse desde el día del accidente, se lanzara a una vertiginosa, enloquecida carrera.

Para ejecutar su venganza se armó de paciencia. Sabía que tendría que dejar pasar meses, quizás años, antes de ponerla en práctica. Pero estaba dispuesto a esperar. Un periodista que lo recordaba de sus días de artista controversial lo llamó —sin duda se hallaba escaso de temas— para escribir una pieza con «ángulo humano», así dijo. Esta vez Gabriel aceptó. Declaró que había abrazado, en su retiro autoimpuesto, la religión católica, que la fe de Cristo lo había iluminado, que el perdón y la compasión dictaban sus acciones, que rezaba sin descanso para lograr el perdón de sus pecados y que por supuesto, aunque resultó duro, su principal meta en los días que siguieron al infortunado accidente que costara la vida a su madre fue perdonar a la persona que la atropelló. Que también rezaba por ella. Que ahora pintaba para El Señor, temas religiosos, que por ahora no quería mostrar para no alimentar su vanidad, que también era un pecado, como bien se sabía. El periodista, encantado con la historia de la conversión del antiguo pintor problemático (así lo calificaba), escribió una zarandaja políticamente correcta que le valió un premio. Hasta reprodujeron una vieja foto de Gabriel y declaraciones de algunos jerarcas de la Iglesia que alabaron su conversión. El barullo duró apenas unos días y luego se apagó. El teléfono sonó un par de veces, producto de llamadas de gente que al ver el artículo del periódico se acordaron de que existía. Pero no respondió a los perentorios timbrazos.

Gabriel se divirtió mucho con todo aquello y luego volvió a la rutina, a su cuadro y a su espera. Pronto se olvidaron de él. Meses después de la tragedia, se mudó del apartamento que compartiera con su madre. Alquiló una casita modesta en las afueras. Le costó trabajo encontrar el lugar adecuado, pero al fin lo consiguió. Una residencia aislada al final de una calle sin salida, lo que hacía que el tránsito fuera casi inexistente. Y lo más importante, con un pequeño sótano ideal para sus planes. Planes sobre los que no dejaba de pensar, que no dejaba de perfeccionar un solo día en su mente.

Cinco largos años pasaron antes que decidiera dar el primer golpe, exactamente el 21 de agosto, día en que naciera su madre. Claro que aquellos años no transcurrieron sin que trabajara con extrema diligencia en su venganza. Poco a poco, cuidando mucho de que nadie notara sus gestiones, averiguó todo lo referente a la vida de la asesina. Tenía marido, pero no hijos. Sus existencias eran típicas de esclavos del Orden: consumidores compulsivos, viciosos del televisor que abandonaban en raras ocasiones para acudir a algún partido de football, en el que berreaban por el equipo local. Al tiempo que engullían hamburguers y tragaban cervezas y Coca-Colas. Gabriel los seguía en ocasiones paso a paso durante días para familiarizarse con sus rutinas. Estaba seguro que no lo recordaban, pues apenas lo vieron, años atrás, durante el juicio, pero aun así no se acercó demasiado. El marido trabajaba en una fábrica en Hialeah y tenía un horario rotativo que en ocasiones lo hacía permanecer en ella hasta altas horas de la noche.

Escogió una de esas noches para actuar. El hombre tenía que andar unos treinta o cuarenta metros hasta el estacionamiento, al otro lado de la calle, donde los obreros estacionaban los autos. Gabriel lo había calculado todo con extremo cuidado y la ejecución de su plan resultó más fácil de lo que pensara. No se sentía nervioso, ni en especial entusiasmado. Permaneció en el auto, aguardando, por casi una hora, a unos treinta pies de la puerta por la que aparecería el marido de la asesina. Cuando por fin emergió del edificio y depositó el primer pie en la calle, Gabriel puso en marcha el motor y con un leve y medido apretón al acelerador, lo echó a rodar. No imprimió mucha velocidad al vehículo, para conservar el factor sorpresa. El hombre volvió la cabeza un instante para mirar en su dirección, pero pensó que, con toda seguridad, tenía tiempo suficiente para alcanzar la acera opuesta. Cuando estuvo cerca, Gabriel pisó el acelerador y lo golpeó, mediante una simple maniobra, por el costado. Una pierna no tuvo tiempo de retirarse y Gabriel la sintió partirse con un chasquido bajo la rueda, al tiempo que llegaba a sus oídos un grito que oscilaba entre el dolor y el asombro. Frenó, y contempló por el espejo retrovisor la figura tendida. Trataba de incorporarse. Puso el auto en marcha atrás y sin prisa, calculando con cuidado la trayectoria de los neumáticos, le pasó por el centro del cuerpo. El vehículo brincó, y en esta ocasión escuchó un bufido extraño. Un hipido que no oía desde cuando, en peleas juveniles, lo golpeaban en el estómago y luchaba, desesperado, por recuperar el aire. Abrió la portezuela y, sin detener el motor, descendió. El hombre, quejándose en voz baja, se oprimía el vientre con las manos. De la boca le salía un hilo de sangre. Con los ojos desorbitados contempló a Gabriel. Éste se agachó y observó el rostro cubierto de miedo. Transformado por el miedo.

—¿Te acuerdas de mí? —preguntó. Y sin esperar respuesta añadió—: Tu mujer mató a mi madre hace cinco años...

El hombre tendido empezó a gemir y alzó un poco la cabeza del pavimento. La mirada se lo dijo. Gabriel comprendió que recordaba. Entonces regresó al auto, cuyo motor ronroneaba como esos tambores de circo que anuncian el salto mortal de los trapecistas, y volvió a pasarle por encima. Esta vez sobre la cabeza.

Cuando llegó a la casa lavó bien el auto para quitarle cualquier mancha de sangre. Luego, poseído por una sensación de sosiego parecida a la que experimentaba después de un orgasmo, trabajó en su cuadro.

Todas las precauciones que tomó fueron innecesarias. La noticia de la muerte de un obrero a la salida de su trabajo en Hialeah ocupó medio minuto en el noticiero de la tarde y ni siquiera apareció en los periódicos. Resultó apenas un grano de arena en el panorama de asesinatos y asaltos espectaculares que azotaban la ciudad. Dos asesinos en serie y el ya famoso Violador de la Calle Ocho hacían de las suyas y acaparaban las primeras planas de los periódicos, y los primeros espacios en los noticieros. La policía tenía demasiado trabajo para ocuparse de otra víctima de un automóvil conducido por algún borracho en un barrio marginal. Nadie vino a preguntarle nada a Gabriel, lo que quería decir que no lo habían relacionado con el individuo. Su paciencia había dado frutos.

Ese fin de semana visitó la tumba de su madre, y le llevó una docena de girasoles, sus flores preferidas.

Ahora lo que le preocupaba era que el Caos diera cuenta de él, o de la asesina, antes de que pudiera consumar su venganza. Lo del marido, a fin de cuentas, constituía un ejercicio preparatorio, un boceto, una forma de acercarse a su objetivo, de que comenzara el proceso de sufrimiento que le tenía preparado.

A los pocos meses empezó a rondarla. En ocasiones la esperaba a la salida de la tienda en la que trabajaba. Una peletería de mala muerte en la Pequeña Habana. La veía salir y avanzar con paso cansado hasta el parqueo, después de pasar por la panadería cercana, de la que siempre salía con una libra de pan cubano bajo el brazo. Luego seguía sus pasos hasta el dúplex que habitaba, no muy lejos de allí. Algunas veces lo sorprendía la noche apostado cerca y contemplaba la figura de la mujer tras la ventana iluminada.

Un año después del accidente (así lo definió Gabriel) del marido, entró en la peletería.

Estaba sola en la tienda cuando atravesó la puerta de cristal. Le produjo la impresión de una rata que, caminando sobre sus extremidades traseras, vacilara al andar. Se acercó con la ansiedad propia de quien ve el primer cliente del día.

—¿Puedo ayudarlo en algo? —preguntó.

—Tal vez... Estoy buscando unos zapatos para mi madre.

Mirándola de cerca por primera vez, la encontró más fea que el retrato que en su imaginación había construido, durante un proceso que se prolongó por años. Los ojos saltones, atenazados por gruesas líneas de pintura negra, se proyectaban hacia fuera dejando al descubierto una cantidad poco común de membrana esclerótica. Una superficie manchada por vetas amarillentas y surcada por diminutas venas rojas. De ellos descendían hacia las ajadas mejillas las copiosas ojeras, cuarteadas y oscuras. La nariz granulosa, los labios resecos y repintados y el tinte barato del cabello daban los toques finales a una apariencia vulgar y rudimentaria.

Estuvo un rato mirando y terminó comprando unas sandalias de cuero de cualquier número. Abandonó el lugar sin volver a mirarla. A unos metros de la tienda, le dio la bolsa que contenía las sandalias a una anciana que esperaba para cruzar la calzada. Esa noche comenzó a pintar el retrato de la asesina.

Pone los dos extremos del cable sobre el regazo de la mujer. Vuelve el rostro hacia la tela, duda un momento, y luego se levanta. Con la mano recoge un poco de pintura de los numerosos montones que cubren la mesa y la aplica al cuadro. En un lugar que parece una pradera. Aunque bien pudiera ser el borde de un acantilado. O un valle negro. Restriega un poco y lo abandona. Se limpia los dedos en el pantalón y regresa junto a la mujer. Se sienta frente a ella, en el suelo. Desde allí la cabeza parece un Francis Bacon. Se emociona. Es Henrietta Moraes. Le hace un tímido saludo moviendo la cabeza. Dedica unos instantes a contemplarla. Los ojos ciegos, taladrados, el azul empujado sobre la mejilla. Después, no tanto para causarle dolor, aunque ése sigue siendo su principal propósito, sino para ver si la transformación resiste, toma el cable con sumo cuidado y aplica sus extremos a una de las piernas. El cuerpo da un salto violento, como si hubiera recobrado toda la energía de la juventud. Del sitio en el que los alambres hicieron contacto sale un humo blanco, grasoso. El olor a carne abrasada se esparce por el ambiente, como un rumor. Henrietta se ha ido y la cabeza de la mujer regresa a su lugar, rasgada, prominente y sucia. El labio superior, partido y doblado hacia arriba se infla como un cable quemado. Los dientes, astillas amarillas, están a la vista. Aprieta nuevamente los extremos del cable contra la piel. Esta vez cerca de la rodilla.

Iba al cementerio con bastante frecuencia; un par de veces al mes y, durante períodos, todos los fines de semana. No para rezar por el alma de la difunta, cosa que se sentía incapaz de hacer, ni porque creyera en ninguna forma de permanencia después de la muerte. Acudía —casi siempre los sábados, temprano, cuando el sol todavía no era insoportable—, porque el lugar era agradable y porque lo único que quedaba de lo que había sido su madre estaba allí.

Dedicaba unos minutos a limpiar la lápida, cambiar el agua del búcaro plástico atado con una cadena y depositar las flores que traía. Luego se sentaba a poca distancia, sobre la hierba, en un punto protegido por la sombra del almendro. Los girasoles se hinchaban absorbiendo el agua del recipiente, y Gabriel seguía con suma atención el movimiento de los pétalos que se erguían al contacto del sol. Otros dolientes iban arribando. Algunos traían toda una parafernalia de limpieza que incluía equipos eléctricos para cortar la hierba y productos químicos con los que pulir las inscripciones y las imágenes de bronce que adornaban las lápidas. Lo que dejaban en las tumbas también sorprendía a Gabriel: banderas de sus países de origen, juguetes, cartas, ositos de peluche, comida, pedazos de cake de cumpleaños y hasta reguiletes. Un día vio un barco con las velas desplegadas dentro de una botella. Pero nada lo extrañó y conmovió tanto como el papalote que descubrió una mañana en una sepultura próxima a la de su madre. Se estremecía con la leve brisa, y el rabo, repleto de tiras de tela de múltiples colores, descansaba sobre la pulida superficie de mármol.

El espectáculo de aquel esfuerzo por mantenerse unidos a los que ya no existían resultaba conmovedor pero inútil, pensaba. No había forma de vencer el olvido, que daría alcance a aquellos muertos, haciéndolos desaparecer, en sus nietos o en los hijos de los nietos o después. El olvido dispone de todo el tiempo del mundo. Y aun en aquellos dedicados individuos que frecuentaban el cementerio, como él, lo que sobrevivía era un recuerdo, ¿y desde cuándo un recuerdo es una persona viva, caliente, real?

El cielo azul planeaba sobre las tumbas. Las flores expelían un aroma dulzón que se arrastraba pegado a la tierra. De la tierra crecía la hierba y los gorriones saltaban entre las ramas de los árboles.

Cuando se cumplieron siete años justos de la fecha del accidente, decidió que había llegado el momento. Durante los dos años transcurridos a partir de la eliminación del marido, continuó inalterable la rutina de seguir frecuentemente a la asesina. Pero no volvió a la peletería. Se limitó a observarla de lejos, hasta que supo de memoria sus actividades, que no eran muchas. Ir y venir a la tienda, viajes al supermercado cercano y cada tres o cuatro meses una visita al médico, en una de las numerosas clínicas de la Pequeña Habana. No parecía tener familia. Ni tampoco aparentaba ser muy sociable. Su relación con los vecinos era escasa, se limitaba a saludos intercambiados en el pasillo de acceso al dúplex, o a la entrada del mismo.

Gabriel empezó a temer, mirando cómo se debilitaba a ojos vista, que fuera a morir antes de tiempo. Eso lo decidió. Comenzaba marzo, y si dejaba pasar el mes no tendría otra oportunidad hasta el año próximo. Así que actuaría el día quince. Siete días le parecieron suficientes.

Si el Caos pudiera estar de parte de alguien, cosa totalmente imposible, Gabriel hubiera jurado que estaba de parte suya. El día elegido coincidió con una de las visitas de la asesina al médico. Aquello facilitaba las cosas. Estaba decidido, si llegaba a ser necesario, a entrar al apartamento y llevársela por la fuerza, pero era mucho mejor si podía secuestrarla en un lugar neutro, sin armar mucho barullo.

Esperó a que concluyera la visita para poner en práctica su plan. El edificio de la clínica abarcaba toda una manzana y la puerta principal por la que saldría (Gabriel había comprobado esto en muchas ocasiones) estaba a unos pasos de la esquina del semáforo de la 12 Ave. Cerca del mediodía, la figura de la mujer emergió de las puertas de cristal y, con paso cansado, se dirigió a la intersección. No había llegado a ella cuando el automóvil se detuvo a su lado. Desde su interior, inclinándose para que pudiera verle el rostro, un hombre la llamó por su nombre.

—Rosa, ¿cómo está? ¿Necesita que la lleve hasta la casa?

Rosa se inclinó extrañada y miró con recelo a su interlocutor. Después de dudar un instante, contestó.

—Perdone, pero yo a usted no lo conozco...

Gabriel sonrió cordial y puso cara de fingido disgusto.

—Pero Rosa, cómo es posible... soy Pepe, trabajaba con Fidel, su esposo que en paz descanse, en la factoría en Hialeah. Nos vimos varias veces en los juegos de los Dolphins...

La mujer continuaba indecisa al borde de la acera. Ladeó su cara color cartón, que expresaba confusión, perplejidad. Gabriel comprendió que necesitaba apurarse. Un enfurecido chofer hizo sonar el claxon de un camión a sus espaldas. Así que enarbolando la más inocente de sus expresiones y una sonrisa tranquilizadora, se apeó haciendo un gesto apaciguador al individuo que ahora vociferaba exigiendo que se quitara del medio y dejara libre la vía. Al llegar junto a Rosa, la tomó por el codo gentilmente y la conminó a entrar abriendo la puerta.

—Rosa, Fidel era mi amigo y ésta es una manera de hacer algo por él... Déjeme llevarla hasta la casa, no es problema alguno para mí, por el contrario, es un placer.

Aquellas palabras convencieron a la asesina. Con una expresión vaga y murmurando algo que Gabriel no comprendió, dejó que éste la ayudara a entrar al coche.

—¿Cómo está esa salud? ¿Sigue trabajando en la peletería?

El auto enfiló por la 12 Ave. dejando atrás los gritos del enfurecido camionero.

—Sí, ahí tirando... achaques de vieja... Ahora que lo veo bien me parece que lo he visto en algún sitio. Así que usted trabajaba con Fidel, que en gloria esté.

—¡Claro que me ha visto! Sí, varios años, aunque luego me fui a otra factoría.

La presencia de la asesina en el automóvil llenaba de euforia a Gabriel. Era una sensación extraña. Una embriaguez, una alegría parecida a la que experimentaba al concluir un cuadro con el que estaba satisfecho. El rostro de Rosa, grasiento, acartonado, había sufrido un proceso de deterioro acelerado desde la última vez que la viera. Las venas de las manos, protuberantes, exhibían unos verdes pesados que se engarrotaban en la superficie escamosa y morada de la piel. Vestía una blusa blanca con motivos azules, flores de pétalos largos terminados en forma de gota, y una falda marrón, de corte anticuado. No llevaba medias y los pies estaban calzados por uno de esos modelos feos pero muy cómodos que suelen usar las enfermeras, o gente que tiene que trabajar mucho tiempo de pie.

—Tiene que doblar en la 16 —dijo la mujer sin mirarlo.

—No se preocupe, conozco el camino, una vez Fidel me lo indicó.

—Pobre Fidel, tan decente, y mire usted lo que le pasó.

—Un accidente, oí decir... qué lamentable. Tantos delincuentes a los que nunca les pasa nada...

—Así mismo es...

—Y cuando los cogen los sueltan enseguida...

—Sí señor...

Hubo una larga pausa. Luego Gabriel dijo:

—Su único problema era que tenía la cabeza hueca...

—¿Quién?

—Fidel.

—Pero...

—Hueca... Oí cuando explotaba bajo las ruedas y le digo que estaba vacía. O a lo sumo llena de mierda...

Rosa lo miró atónita, con los ojos saltones llenos de estupor. Fue a decir algo, pero Gabriel, sin dejar de contemplarla y sonreír, le propinó un fuerte golpe en la mandíbula, que sonó como el estallido de un látigo dentro del espacio cerrado. El cuerpo de la mujer se desmadejó como el de una res a la que propinan un mandarriazo, y fue a dar contra la pizarra. De un tirón la acomodó contra el cristal de la ventanilla. El rostro vuelto hacia él. De la boca entreabierta manaba una baba sanguinolenta. Que se extendía por el blanco de la blusa.

Viéndola desde fuera, cualquier transeúnte hubiera asegurado que aquella mujer dormía.

La sangre ha adquirido matices insospechados. Mezclada con sudor, saliva y otros líquidos. Líquido del terror, líquido de la proximidad de la muerte, líquido del deseo del fin, de la felicidad del fin. A veces, cuando se vuelve a contemplarla, semeja un gran esputo, cosa que ya no lo sorprende, pues el cuadro también ha ido convirtiéndose en un enorme, hermoso escupitajo. El cuerpo de Rosa, con el paso de los días, ha ido saliendo. El interior brotando: masa hinchada, cuarteada, rajada, expuesta, chorreante, machacada, babeante, es un paisaje interior. Como si a través del dolor y la desesperanza hubiese alcanzado no un estado de gracia, esa sublimación espiritual, esa negación de la carne tan llevada y traída por santos y filósofos, sino una escueta animalidad, una apoteosis orgánica de espectacular inmediatez.

Esa indefensión (porque también es eso), ese furor eufórico de ser sin futuro, lo había recreado en la tela de forma tan perfecta que la superficie apestaba a carne humana martirizada, carne semipodrida.

Se sentía feliz, porque sin duda estaba ante su mejor obra. La más lograda. Nada de lo hecho antes, ni siquiera el retrato de su madre, se le podía comparar. Algún observador superficial podría decir que reproducía la imagen de la mujer atada al poste de madera. Y de alguna manera, durante la etapa inicial, fue cierto. Pero luego aquella superficie en la que trabajaba ferozmente entre doce y catorce horas diarias se convirtió en testimonio de decadencia, en libertad absoluta, en desesperación de cosa que se pudre sin remedio y lo sabe. En pura soledad.

Porque hasta la mujer comprendió enseguida que estaba sola. Claro que al principio se obstinó en rogar a Dios, y en tratar de conmover a su torturador con su supuesta omnipresencia. Le repetía que estaba allí con ellos, siendo espectador de sus miserables destinos. Pero después de una sesión de golpes en el rostro y en el pecho, la letanía (mientras pudo hablar, mientras la mandíbula rota y la lengua partida e inflamada se lo permitieron) cambió para enfocarse en su confianza en que al morir Dios la acogería. Que ella se resignaba a su suerte, es decir, al deseo de ese Dios. Eso decía. Toscamente, porque su estupidez y el dolor no le permitían andar elaborando mucho el entrecortado discurso. Pero eso decía la muy sumisa, la muy esclava. Aunque no duró mucho: cuando la cosa apretó, exactamente cuando partió sus tibias con una barra de hierro, se convenció de lo evidente, de su soledad y su desamparo, y de que aquel Dios al que apelaba y en el que por tantos años confió no era más que un cómplice de su sufrimiento, un torturador más. Entonces comenzó a maldecir a su divino progenitor. Que como era de esperar no aparecía por ninguna parte. A partir de ese momento los colores de su cara abierta, los matices suntuosos de las heridas, las sutiles veladuras de los hematomas, las capas superpuestas de sangre y otras excrecencias alcanzaron una peculiar y perturbadora belleza. Que inmediatamente se reflejó en el cuadro.

El día veintidós amaneció espléndido. Idéntico a aquel en que murió su madre, siete años atrás. Desde el cielo, latía un azul parejo. Afuera los árboles que rodeaban la casa y la cubrían de una perenne sombra se movían apenas, al compás de la brisa del amanecer. Paseó un poco por el jardín, como todas las mañanas. También como todas las mañanas roció con una manguera las plantas del pequeño huerto, ubicado al fondo del patio. Los marpacíficos comenzaban a florecer, por todas partes podían apreciarse indicios de la proximidad de la primavera. Se acercó a la nariz una hoja de orégano y aspiró ávido su perfume. Luego se sentó en el quicio de la puerta trasera y dejó que el cuerpo se le calentara bajo los rayos del sol. Levantó el rostro hacia la superficie azul que a esa hora tenía algo tierno. Escuchaba crecer la hierba, las raíces del árbol, el roce de millones de insectos.

Un pájaro amarillo y negro cantó en una rama cercana.

Entró y se preparó café con leche y tostadas con mantequilla. Se quedó con hambre, así que frió dos huevos con jamón. Lo devoró todo con calma, sentado a la mesa del comedor.

Cuando por fin abrió la compuerta del sótano, la fetidez lo golpeó, pero ya se había acostumbrado. Bajó cerrando tras de sí la pesada lámina de madera. La mujer todavía respiraba; su cuerpo, si es que se podía llamar cuerpo a aquel amasijo de protuberancias e hinchazones, recordaba de manera vaga su configuración original. Accionó el interruptor y las potentes luces restallaron sobre la tela y sobre la figura macerada. Le dolían los músculos, se sentía profundamente cansado. Suspiró aliviado al pensar que hoy acabaría con ella y que terminaría el cuadro. A consecuencia de la furia del trabajo, las salpicaduras, la pintura derramada, cubrían las paredes y parte del techo. En el suelo, se confundían con la sangre ennegrecida. Seis días habían transcurrido desde que la trajo al sótano. Mañana podría descansar.

Inclinó la cabeza y puso la boca cerca de lo que quedaba de la oreja.

—Hoy es veintidós de marzo, un día como hoy mataste a mi madre...

Varias semanas antes había recogido un pedazo de asfalto de una calle que estaban reparando en la Pequeña Habana. Lo usó para lograr ciertos efectos en la superficie de la tela, por lo que estaba cubierto de pegotes de pintura. Con él la golpeó en la cabeza. Una, dos, tres veces...

Muchas horas después que la mujer muriera continuaba trabajando. El cuadro, como liberado de un peso, de un obstáculo, se manifestaba con asombrosa autonomía, o al menos eso le parecía a Gabriel. Los colores corrían, se organizaban, estallaban, mientras se desplazaba de un lado a otro y con movimientos febriles daba los toques finales a su obra. Cuando terminó, fue retrocediendo hasta alcanzar la pared más alejada de la tela, y se deslizó por ella hasta quedar sentado. El bulto del cuerpo de Rosa refulgía bajo la luz como una joya. El cuadro también refulgía. Un cansancio enorme se fue apoderando de su cuerpo. Pero nada significaba comparado con la divina sensación que lo hacía sonreír a través del sudor, por entre los párpados entornados. Pura delicia escapaba de aquella amalgama de colores. El tiempo se apelotonó como una niebla en la habitación, por fin detenido.

Cuando aquello acabó, se puso en pie y se acercó a la mujer. Rozó su frente y dejó que aquel frío inmenso volviera a tocarlo. Luego contempló detenidamente su última obra. Apagó las luces. Subió la escalera y cerró la compuerta tras de sí. Después la clausuró usando una docena de clavos que tenía preparados al efecto. Aplicó un sellador a las junturas y para terminar echó una gruesa alfombra sobre la compuerta. Finalizado esto, caminó hasta la ventana. La tarde estaba por caer y diseminaba una luz opaca que envolvía los ruidos con un halo algodonoso. Los rayos del sol, débiles, imponían un tono morado al paisaje que se desdibujaba.

En el árbol del fondo del patio los pájaros chillaban a la noche.

Epílogo

Cuando veinte años después un empleado de la compañía de electricidad encontró el cuerpo de Gabriel, hizo lo que está estipulado en estos casos: llamar al número de emergencias para que enviaran una ambulancia y la policía. El anciano había muerto de un ataque cardíaco, según se supo luego. La muerte lo sorprendió de mañana, estimaron los forenses, aproximadamente veinticuatro horas antes de que fuese hallado. Los expertos concluyeron más tarde que debió sentirse mal mientras leía sentado a la sombra del árbol. Trató de llegar a la casa, pero se desplomó a mitad de camino. Tenía el rostro comprimido contra la tierra, los ojos abiertos, un manoseado ejemplar de la *Ilíada* aún apretado en la mano y algunas hormigas le entraban y salían de la boca cuando lo encontraron.

Durante el rutinario registro de la casa, un agente descubrió, por casualidad, la clausurada compuerta de acceso al sótano. El contenido de éste ocupó los titulares de la prensa local y nacional por algún tiempo. Todos los programas sensacionalistas querían su parte de la historia. Durante días, los alrededores de la casa permanecieron tomados por un ejército de periodistas armados de grabadoras y cámaras de televisión. El traslado del cuadro resultó todo un acontecimiento.

Fue necesario desmantelar el suelo del comedor y parte del techo para poder sacarlo. Lo instalaron en el Museo de Miami, donde un equipo de especialistas se ocupó de limpiarlo, al tiempo que los medios de prensa hurgaban en el pasado de Gabriel Torres, dando a conocer hasta los más mínimos detalles de su breve carrera artística y de lo poco que logró saberse de su vida, que a todas luces fue sumamente aburrida. Sus vecinos lo recordaban como un tipo cordial, aunque poco sociable. Servicial, eso sí. Esa clase de gente que va y viene al trabajo y no sale ni recibe nunca a nadie.

Respecto al esqueleto atado al poste de madera se sacaron diferentes conclusiones. La hipótesis de mayor aceptación popular sostenía que los restos pertenecían a una mártir de las artes que, voluntariamente, dado que se hallaba condenada por una enfermedad terminal, consintió en posar para el artista. De nada sirvió que algunos periodistas y autoridades policíacas refutaran esta tesis enarbolando los reportes médicos y llamando la atención sobre las numerosas fracturas y lesiones en los huesos, que evidenciaban que la persona en cuestión había sido cruelmente torturada antes de morir. El supuesto martirologio encontró calurosa acogida entre el público, lo que significaba demanda y por lo tanto consumo, así que el Orden llegó a la conclusión que esa versión sería la más beneficiosa para el bien común. Y por tanto fue la que se propagó.

Poco tiempo después apareció un extenso artículo en la revista cultural del *New York Times* firmado por el prestigioso crítico de arte del periódico y profusamente ilustrado con la Obra Única, como la llamaban. Otros críticos hicieron lo mismo en otros tantos y no menos respetados medios informativos. Todos llegaban a la misma conclusión: se trataba de una obra maestra. A consecuencia de esos análisis y comentarios, pronto el rostro de Gabriel y su obra ocuparon las portadas de las principales revistas de arte. Años después, el cuadro fue adquirido por el Museo de Arte Moderno de Nueva York, donde ocupa, hasta el presente, un lugar destacado. Allí continúa, a pesar de que ha provocado protestas. Muchos visitantes se han quejado de que transmite una tristeza insoportable. Lo que no ha hecho más que aumentar el interés por la obra.

Aunque el autor no lo tituló de modo alguno, con el tiempo el cuadro fue bautizado con la palabra que se halló escrita a unos pies de él, en una de las paredes del famoso sótano: «Accidente».